MES SEPT ANS DE BAGNE

PAR UN FORÇAT

10 CENT. LA LIVRAISON PARIS **50** CENT. LA SÉRIE

Administration des Publications républicaines illustrées; gérant : LOUIS SALMON
3, rue de Provence, 3

MES SEPT ANS DE BAGNE

SOMMAIRES :

PREMIÈRE PARTIE.

Sous terre. — La chasse à l'insurgé.

I. — Pourquoi j'écris ces souvenirs. — Mes opinions. — L'enfer du bagne. — Le fouet, la pendaison, la crapaudine, la faim, les poussettes. — Les gardes-chiourme assassins. — Un ministre montant à la tribune.

II. — Comment je devins communard. — Désespoir et patriotisme. — Ma famille. — Haute protection dans l'armée. — Propos d'État-major : « On ne meurt pas pour la canaille. » — La revanche de Sedan.

III. — Ma fiancée. — Un croquis de Parisienne à la plume. — L'entrée des Versaillais à Paris.

IV. — Au fond d'un puits — Mon commandant passe à l'ennemi. — Fuite. — Je gagne le Trocadéro. — La maison de Juliette. — Antoine, mon futur beau-frère. — Cernés. — Le puits.

V. — Les souterrains du Trocadéro. — Mon concierge. — Ils y sont! — Le cri du noyé. — La vengeance d'Antoine. — Sous l'eau.

VI. — La faction. — La mort pour tous.

VII. — La chasse sous terre. — Les terriers. — Le chien Trim. — Une perspective peu agréable.

VIII. — La peur des rats. — La double vue. — Une tsigane. — La sortie d'Antoine. — Les lignards.

IX. — Du pain. — Pas d'eau. — Un parfait *sergent*. — La vérité au fond du puits. — Triple brute.

X. — L'idée d'Antoine. — Les souterrains et les égouts. — Grille d'égout et sentinelle. — Un bain nécessaire. — Les Versaillais dans les catacombes. — La moutarde!

XI. — Une armée redoutable. — La stratégie. — L'assaut. — La fuite.

XII. — De mal en pire. — Récriminations. — Tue-moi. — Le labyrinthe. — Découragement.

XIII. — Épuisement complet. — La dernière heure. — Plus de souffrances. — L'hallucination.

XIV. — Le sourire de Juliette. — Un bon repas dans les catacombes. — Les mœurs tsiganes. — Le secret d'Antoine. — La cruche cassée.

XV. — Encore une chasse. — La meute. — Les ruses d'Antoine. — Le trou aux squelettes.

XVI — Un récit. — Un crime? — Départ. — Mon arrestation.

DEUXIÈME PARTIE.

De Versailles à Toulon. — Le Poteau de Satory.

I. — L'arrestation d'Antoine. — La fosse aux lions. — Le pain sanglant. — La corvée. — En route.

II. — Les docks de Versailles. — Le chemin de fer. — Brest. — Les marins. — Les pontons.

III. — Les conseils de guerre. — Réquisitoires. — Juges et partie. — A mort...

IV. — Sedan! Sedan! — Le cachot. — Un geôlier aimable. — Au mur. — Sous l'œil.

V. — Souffrances intimes. — L'angoisse. — L'héroïsme. — Le baquet. — La vermine.

VI. — L'avis. — Le bagne. — Un dévouement. — Le mouchard. — Triste soupçon.

TROISIÈME PARTIE.

De Paris à Toulon. — Les secrets du Bagne.

I. — Les mouchards et les incendies. — Le voyage de Paris à Toulon. — Vols et filouteries. — L'entrée au bagne. — Mon numéro. — Le *complet* du bagne. — Une infamie.

II. — Endormi. — Le réveil. — Un coup fameux. — La brute domptée. — Le roi du bagne.

III. — Les politiques. — M. Simon Mayer. — Le forgeron du bagne. — Sodome à Toulon.

IV. — L'exécution. — Le garde-chiourme. — Le premier régiment de France. — Ce qu'il faut en penser. — Comment les forçats se vengent. — Curieuses évasions. — Les six coups de corde. — Stoïcisme.

V. — Les dénonciations de *l'Union*. — Les bons aumôniers. — On nous persécute. — La mise en cage. — Abus stupides.

QUATRIÈME PARTIE.

De Toulon à Nouméa. — Le tour du monde en cage.

I. — L'embarquement. — Les cages. — Les dispositions de la marine. — Tyrannie à bord. — Toujours le coup de mitraille. — L'aumônier.

II. — La prière à bord et les aumôniers. — Une anecdote sur *le Vauban*. — Superstitions. — Le départ. — La patrie perdue. — Le cynisme d'un surveillant.

III. — Questionnaire du commandant. — Drapeau blanc et drapeau rouge. — Les dilapidations dans la marine.

IV. — Comment Juliette était à bord. — Les amours du bagne. — Correspondances. — Les trucs des forçats. — Bataille de dames. — La traversée. — Ténériffe. — Le Cap. — La nourriture. — L'avilissement de la marine.

V. — Les calmes. — Les Tropiques. — La soif! — Une scène atroce.

VI. — Le docteur. — Drôles de malades. — *Le bon régime.* — *La bonne jujube.* — Un boucher. — Le cyclone.

VII. — Les punitions. — Pas de vin. — Les hunes. — Les fers. — Le Trou-aux-Rats.

VIII. — Un conseil de guerre. — Le pain et l'eau. — Le froid. — Les bronchites à bord.

IX. — L'écurie. — Les bêtes crevées. — La lessive. — Comment l'eau de mer décrasse! — Le linge noir.

X. — Le forçat gentilhomme. — La scène de la barbe. — Si je te coupais le cou.

XI. — Un vol impossible. — Le fil de Mal-Pavé. — La visite de la gale. — Allongez vos pattes. — Rien...

XII. — Les gratifications du commandant. — Un coup de revolver. — La *fausse révolte*. — Triomphe de la Chiourme — Pêche et chasse.

CINQUIÈME PARTIE.

L'Enfer de l'île Nou.

I. — Après quatre mois de traversée.

II. — L'île Nou.

III. — Comment nous étions dirigés. — Un interrogatoire intelligent. — Le classement. — Sauvé, mon Dieu!

IV. — Le contre-maître arabe Ali-Moutfock, dit Abdallah. — Chien de chrétien. — Neveu du général. — Changement à vue.

V. — Une occupation. — Le cadran solaire.

VI. — Les maristes. — Les influences cléricales. — La messe forcée. — De la piété, nom de D...

VII. — Où passe notre argent dans les colonies. — Détails sur Nouméa. — Les popinées. — L'amour à Nouméa. — J'aime les militaires. — Pauvre colon!

VIII. — Les fourmis. — Les beaux squelettes. — L'Anglais ivre. — Les araignées. — Le nickel. — L'idée d'un officier.

IX. — L'absinthe et le sang! — La mort sous les balles. — Drôle de galoupette. — Le chevalier du Manteau-Rouge.

X. — La soupe lavée. — Cinq lieues de brouette. — La mer de boue. — Le lit de camp. — Au travail. — Juliette blanchisseuse. — Évasion d'Antoine.

XI. — La haine d'un surveillant. — Les poucettes. — La crapaudine. — L'herbe de fer-lampier. — Le ressort-scie. — Antoine Canaque.

XII. — Antoine chez le grand-chef Ataï. — Portrait à la plume de ce Canaque. — Sa politique. — Mariage d'Antoine. — Un pacte. — Pourquoi le chef Ataï devait mourir.

XIII. — Comment on dresse une meute à manger du blanc. — Les griefs des Canaques.

XIV. La révolte. — L'affaire de Pouébo. — Une belle défense. — L'affaire Chêne. — Les gendarmes du poste de Foa. — Organisation des bandes. — L'affaire de Bouloupari. — Assassinat de la famille Lecq au camp de la transportation. — L'affaire Galli-Passebocq — Les morts.

XV. — Les gouverneurs. — Ce bon M. Alleyron. — Le bourreau des fleurs. — La complainte du canard-manchot. — Cet excellent M. Pritzbuer. — Un gouverneur à confesse. — Son sermon aux politiques. — Morts ou vifs.

XVI. — Condamnation à mort. — Meurtre d'un correcteur arabe.

XVII. — Un monsieur qui se fait trois millions de capital aux dépens de la France. — Le travail de huit mille hommes perdu pour le pays. — A quoi servent les forçats? — La traite des noirs. — Un négrier en pleine rade de Nouméa.

XVIII. — L'infirmerie. — Scènes d'immoralité odieuses. — Ma commutation. — Encore un speeck.

SIXIÈME PARTIE.

La presqu'île Ducros. — Déportation. Les évasions célèbres.

I. — La transportation. — La déportation. — M'Bi. — Numbo. — Le camp des *potins*.

II. — Le déporté *blindé* et le déporté *non blindé*. — Les vivres. — Le salaire. — Le vêtement. — La nourriture. — Pas de politique. — Cet excellent M. Alleyron. — A coups de canon.

III. — Les huit jours de prison réglementaires et le colonel Charrière. — Motifs de punition. — La prison. — Louise Michel.

IV. — Une lettre de défi. — Ma réponse. — Liste de punitions. — Qu'en pense mon correspondant? — Est-il de bonne foi?

V. — Les quatre millions de l'hôpital. — Un ingénieur improvisé. — Le Barbe-Bleue. — Le trésor caché. — Évasion hardie.

VI. — Mariage entre libérés. — Les rosières du bagne. — Le Flirtage à la messe. — Comment l'amour vient aux libérés. — Des goûts et des couleurs!... — Une anecdote : la Belle-aux-Bandeaux.

VII. — Encore des incrédules. — Un document curieux. — Évasion, reprise, supplices, crapaudine; le rapport est signé, contresigné. — Qui niera maintenant.

VIII. — Le raz de marée. — Le cyclone. — Les sauterelles.

IX. — Retour. — La traversée. — Encore la cage. — Trop de cage. — Première victoire. — Les marins. — Deuxième victoire. — Les passagers. — Influence du théâtre à bord. — Le bon gendarme.

Société anonyme d'impr. PAUL DUPONT, Directeur, 41, rue J.-J.-Rousseau, Paris. (Cl.).

MES SEPT ANS DE BAGNE

PAR UN FORÇAT

10 c. la Livr. 50 c. la Série.

PARIS
Administration des Publications républicaines, Dr : LOUIS SALMON, 3, rue de Provence.

SOMMAIRES :

PREMIÈRE PARTIE.

Sous terre. — La chasse à l'insurgé.

I. — Pourquoi j'écris ces souvenirs. — Mes opinions. — L'enfer du bagne. — Le fouet, la pendaison, la crapaudine, la faim, les poussettes. — Les gardes-chiourme assassins. — Un ministre mentant à la tribune.

II. — Comment je devins communard. — Désespoir et patriotisme. — Ma famille. — Haute protection dans l'armée. — Propos d'État-major : « On ne meurt pas pour la canaille. » — La revanche de Sedan.

III. — Ma fiancée. — Un croquis de Parisienne à la plume. — L'entrée des Versaillais à Paris.

IV. — Au fond d'un puits. — Mon commandant passe à l'ennemi. — Fuite. — Je gagne le Trocadéro. — La maison de Juliette. — Antoine, mon futur beau-frère. — Cernés. — Le puits.

V. — Les souterrains du Trocadéro. — Mon concierge. — Ils y sont! — Le cri du noyé. — La vengeance d'Antoine. — Sous l'eau.

VI. — La faction. — La mort pour tous.

VII. — La chasse sous terre. — Les terriers. — Le chien Trim. — Une perspective peu agréable.

VIII. — La peur des rats. — La double vue. — Une tsigane. — La sortie d'Antoine. — Les liguards.

IX. — Du pain. — Pas d'eau. — Un parfait *sergent*. — La vérité au fond du puits. — Triple brute.

X. — L'idée d'Antoine. — Les souterrains et les égouts. — Grille d'égout et sentinelle. — Un bain nécessaire. — Les Versaillais dans les catacombes. — La moutarde!

XI. — Une armée redoutable. — La stratégie. — L'assaut. — La fuite.

XII. — De mal en pire. — Récriminations. — Tue-moi. — Le labyrinthe. — Découragement.

XIII. — Épuisement complet. — La dernière heure. — Plus de souffrances. — L'hallucination.

XIV. — Le sourire de Juliette. — Un bon repas dans les catacombes. — Les mœurs tsiganes. — Le secret d'Antoine. — La cruche cassée.

XV. — Encore une chasse. — La meute. — Les ruses d'Antoine. — Le trou aux squelettes.

XVI. — Un récit. — Un crime? — Départ. — Mon arrestation.

DEUXIÈME PARTIE.

De Versailles à Toulon. — Le Poteau de Satory.

I. — L'arrestation d'Antoine. — La fosse aux lions. — Le pain sanglant. — La corvée. — En route.

II. — Les docks de Versailles. — Le chemin de fer. — Brest. — Les marins. — Les pontons.

III. — Les conseils de guerre. — Réquisitoires. — Juges et partie. — A mort...

IV. — Sedan! Sedan! — Le cachot. — Un geôlier aimable. — Au mur. — Sous l'œil.

V. — Souffrances intimes. — L'angoisse. — L'héroïsme. — Le baquet. — La vermine.

VI. — L'avis. — Le bagne. — Un dévouement. — Le mouchard. — Triste soupçon.

TROISIÈME PARTIE.

De Paris à Toulon. — Les secrets du Bagne.

I. — Les mouchards et les incendies. — Le voyage de Paris à Toulon. — Vols et filouteries. — L'entrée au bagne. — Mon numéro. — Le *complet* du bagne. — Une infamie.

II. — Endormi. — Le réveil. — Un coup fameux. — La brute domptée. — Le roi du bagne.

III. — Les politiques. — M. Simon Mayer. — Le forgeron du bagne. — Sodome à Toulon.

IV. — L'exécution. — Le garde-chiourme. — Le premier régiment de France. — Ce qu'il faut en penser. — Comment les forçats se vengent. — Curieuses évasions. — Les six coups de corde. — Stoïcisme.

V. — Les dénonciations de *l'Union*. — Les bons aumôniers. — On nous persécute. — La mise en cage. — Abus stupides.

QUATRIÈME PARTIE.

De Toulon à Nouméa. — Le tour du monde en cage.

I. — L'embarquement. — Les cages. — Les dispositions de la marine. — Tyrannie à bord. — Toujours le coup de mitraille. — L'aumônier.

II. — La prière à bord et les aumôniers. — Une anecdote sur *le Vauban*. — Superstitions. — Le départ. — La patrie perdue. — Le cynisme d'un surveillant.

III. — Questionnaire du commandant. — Drapeau blanc et drapeau rouge. — Les dilapidations dans la marine.

IV. — Comment Juliette était à bord. — Les amours du bagne. — Correspondances. — Les trucs des forçats. — Bataille de dames. — La traversée. — Ténériffe. — Le Cap. — La nourriture. — L'avilissement de la marine.

V. — Les calmes. — Les Tropiques. — La soif! — Une scène atroce.

VI. — Le docteur. — Drôles de malades. — *Le bon réglisse.* — *La bonne jujube.* — Un boucher. — Le cyclone.

VII. — Les punitions. — Pas de vin. — Les hunes. — Les fers. — Le Trou-aux-Rats.

VIII. — Un conseil de guerre. — Le pain et l'eau. — Le froid. — Les bronchites à bord.

IX. — L'écurie. — Les bêtes crevées. — La lessive. — Comment l'eau de mer décrasse! — Le linge noir.

X. — Le forçat gentilhomme. — La scène de la barbe. — Si je te coupais le cou.

XI. — Un vol impossible. — Le fil de Mal-Pavé. — La visite de la gale. — Allongez vos pattes. — Rien...

XII. — Les gratifications du commandant. — Un coup de revolver. — La fausse révolte. — Triomphe de la Chiourme — Pêche et chasse.

CINQUIÈME PARTIE.

L'Enfer de l'île Nou.

I. — Après quatre mois de traversée.

II. — L'île Nou.

III. — Comment nous étions dirigés. — Un interrogatoire intelligent. — Le classement. — Sauvé, mon Dieu!

IV. — Le contre-maître arabe Ali-Moulfock, dit Abdallah. — Chien de chrétien. — Neveu du général. — Changement à vue.

V. — Une occupation. — Le cadran solaire.

VI. — Les maristes. — Les influences cléricales. — La messe forcée. — De la piété, nom de D...

VII. — Où passe notre argent dans les colonies. — Détails sur Nouméa. — Les popinées. — L'amour à Nouméa. — J'aime les militaires. — Pauvre colon!

VIII. — Les fournais. — Les beaux squelettes. — L'Anglais ivre. — Les araignées. — Le nickel. — L'idée d'un officier.

IX. — L'absinthe et le sang! — La mort sous les balles. — Drôle de galoupette. — Le chevalier du Manteau-Rouge.

X. — La soupe lavée. — Cinq lieues de brouette. — La mer de boue. — Le lit de camp. — Au travail. — Juliette blanchisseuse. — Évasion d'Antoine.

XI. — La haine d'un surveillant. — Les poucettes. — La crapaudine. — L'herbe du fer-lampier. — Le ressort-scie. — Antoine Canaque.

XII. — Antoine chez le grand-chef Ataï. — Portrait à la plume de ce Canaque. — Sa politique. — Mariage d'Antoine. — Un pacte. — Pourquoi le chef Ataï devait mourir.

XIII. — Comment on dresse une meute à manger du blanc. — Les griefs des Canaques.

XIV. La révolte. — L'affaire de Pouébo. — Une belle défense. — L'affaire Chêne. — Les gendarmes du poste de Foa. — Organisation des bandes. — L'affaire de Bouloupari. — Assassinat de la famille Leca au camp de la transportation. — L'affaire Galli-Passebocq. — Les morts.

XV. — Les gouverneurs. — Ce bon M. Alleyron. — Le bourreau des fleurs. — La complainte du canard-manchot. — Cet excellent M. Pritzbuer. — Un gouverneur à confesse. — Son sermon aux politiques. — Morts ou vifs.

XVI. — Condamnation à mort. — Meurtre d'un correcteur arabe.

XVII. — Un monsieur qui se fait trois millions de capital aux dépens de la France. — Le travail de huit mille hommes perdu pour le pays. — A quoi servent les forçats? — La traite des noirs. — Un négrier en pleine rade de Nouméa

XVIII. — L'infirmerie. — Scènes d'immoralité odieuses — Ma commutation. — Encore un speeck.

SIXIÈME PARTIE.

La presqu'île Ducros. — Déportation. Les évasions célèbres.

I. — La transportation. — La déportation. — M'Bi. — Numbo — Le camp des *petius*.

II. — Le déporté *blindé* et le déporté *non blindé*. — Les vivres. — Le salaire. — Le vêtement. — La nourriture. — Pas de politique. — Cet excellent M. Alleyron. — A coups de canon.

III. — Les huit jours de prison réglementaires et le colonel Charrière. — Motifs de punition. — La prison. — Louise Michel.

IV. — Une lettre de défi. — Ma réponse. — Liste de punitions. — Qu'en pense mon correspondant? — Est-il de bonne foi?

V. — Les quatre millions de l'hôpital. — Un ingénieur improvisé. — Le Barbe-Bleue. — Le trésor caché. — Évasion hardie.

VI. — Mariage entre libérés. — Les rosières du bagne. — Le Flirtage à la messe. — Comment l'amour vient aux libérés. — Des goûts et des couleurs!... — Une anecdote : la Belle-aux-Bandeaux.

VII. — Encore des incrédules. — Un document curieux. — Évasion, reprise, supplices, crapaudine; le rapport est signé, contresigné. — Qui niera maintenant.

VIII. — Le raz de marée. — Le cyclone. — Les sauterelles.

IX. — Retour. — La traversée. — Encore la cage. — Trop de cage. — Première victoire. — Les marins. — Deuxième victoire. — Les passagers. — Influence du théâtre à bord. — Le bon gendarme.

MES

SEPT ANS DE BAGNE

PAR UN FORÇAT

PREMIÈRE PARTIE

SOUS TERRE

LA CHASSE A L'INSURGÉ

I

Mes opinions. — L'enfer du bagne. — Le fouet, la pendaison, la crapaudine, la faim, les poussettes. — Les gardes-chiourme meurtriers. — L'enquête et ce qu'elle donnera. — Point de confiance. — Un ministre mentant à la tribune. — L'amnistie plénière.

Je ne suis pas révolutionnaire par tempérament; aujourd'hui encore, après la répression, après les massacres, après Nouméa, je ne suis même pas radical intransigeant.

Mais j'ai vu tant souffrir, il s'est passé sous mes yeux tant de faits atroces, que je ne cesserai de demander l'amnistie complète, l'amnistie pour tous. Je vais plus loin.

J'affirme que si le pays savait comment l'on traite les forçats, les forçats de droit commun, voleurs et assassins, il n'y aurait qu'un cri pour demander une réforme.

Si la France, sachant la vérité sur les tortures que l'on inflige aux forçats, les laissait à la discrétion des gardes-chiourme, qui se font bourreaux et meurtriers; si la France permettait que le bagne continuât d'être un enfer où l'on déchire des malheureux sous le fouet, plus douloureux, plus meurtrier que le knout; si elle n'abolissait pas le supplice de la faim, qui réduit ceux qui le subissent à se disputer des viandes putréfiées de bêtes mortes; si elle ne supprimait point la pendaison par les pieds; si elle maintenait le supplice des poucettes qui font tomber les doigts de ceux qu'on met à la question; si la France, enfin, restait sourde à la pitié, il faudrait désespérer de la patrie.

La France ne serait plus la France

Je sais qu'une enquête est commencée.

Je le déclare, cette enquête n'aboutira qu'à l'atténuation des faits révoltants dont l'opinion publique est informée, non seulement par nous, amnistiés, témoins et victimes, mais par les nombreux soldats d'infanterie de marine, par les marins, par les colons libres qui ont attesté les actes monstrueux dont le bagne de Nouméa est le théâtre.

Cette enquête officielle ne saurait inspirer confiance, parce qu'elle sera faite administrativement.

Comment veut-on que des officiers de marine jettent le blâme sur la marine, des fonctionnaires sur l'administration, des juges sur le bagne, qu'ils regardent comme indispensable au fonctionnement de la justice et à son efficacité.

Les directeurs des bagnes que l'on va questionner sont les coupables, et ils se garderont bien de s'accuser.

Du reste, un fait permet de juger des dispositions d'esprit des plus hauts placés dans l'administration de la marine.

Un jour, à la tribune, en face des représentants de toute la France, le ministre de la marine fut interpellé par un député qui lui demanda de faire cesser le supplice du fouet et de la bastonnade au bagne.

Ce ministre, officier de marine, avait vu les bagnes de Brest, de Rochefort et de Toulon.

Ce ministre avait employé des forçats aux corvées de la marine, dans les arsenaux.

Ce ministre avait peut-être, à son tour de service, commandé le piquet qui assiste *réglementairement* au supplice du *fouet* et de la *bastonnade*.

Ce ministre, dans son ministère, contresignait les rapports qui, venus de Nouméa, constataient le nombre de condamnations au fouet et celui des coups donnés!

Et ce ministre a déclaré solennellement que les faits exposés par le député interpellant étaient absolument faux.

Ce ministre, cet amiral, cet officier de marine mentait au pays.

Comment veut-on que j'aie confiance dans l'enquête?...

Voilà pourquoi je veux raconter ce qui se passe dans les bagnes de Nouméa.

Si l'on prenait un public, n'importe où en France, en bas ou en haut de l'échelle sociale, ce public fût-il la fleur des classes conservatrices ; si, devant lui, on infligeait au forçat le plus coupable, le supplice du fouet, de la crapaudine ou des poucettes, il n'y aurait pas assez de pierres pour satisfaire l'indignation des spectateurs, lapidant la chiourme, ses officiers et le directeur du bagne, tout ancien colonel qu'il est, tout clérical qu'il est, tout monarchiste qu'il est.

J'espère exciter dans l'âme de mes lecteurs des sentiments de compassion, même pour les forçats de droit commun.

J'espère surtout exciter leur indignation contre le traitement infligé à des condamnés politiques.

II

Désespoir et patriotisme. — Ma famille. — Haute protection dans l'armée. — Propos d'état-major : « Un gouvernement infect ! On ne meurt pas pour la canaille. » — La revanche de Sedan. — Un coup de tête. — Rossés à fond.

J'ai lu, au milieu d'une des meilleures pages de *la Vérité sur la Commune*, une explication bien vraie des causes de la Commune.

L'auteur racontait comment le patriotisme trahi et indigné avait poussé les Parisiens à la révolte. Rien de plus exact.

Oui, moi, cent autres que je connais et cent mille autres que je ne connais pas, nous avons été jetés dans l'insurrection par le désespoir que nous éprouvions d'avoir été joués, trompés et livrés.

Mieux que personne, peut-être, je me suis trouvé à même de juger des mauvaises dispositions de l'état-major.

J'étais soldat.

Un de mes parents, un proche, que je ne puis nommer, car ce serait le déshonorer, occupait un haut grade dans l'armée.

Quoique je fusse mobile, il me manda près de lui et me donna une situation dans laquelle je m'imaginais pouvoir être à même de rendre de grands services comme dessinateur-topographe.

Je m'aperçus peu à peu que l'on ne voulait rien faire, rien laisser faire.

Mon parent ne se gênait pas pour dire devant moi que c'était pitié de servir « un gouvernement infect » ; que ce n'était pas la peine « de se faire casser la tête pour de la canaille » ; que les Prussiens feraient payer le 4 Septembre aux Parisiens en brûlant Paris ; que si l'empereur avait capitulé à Sedan, Paris capitulerait et « boirait aussi sa honte » ; que s'il s'agissait de tirer sur « ces braillards de gardes nationaux, on irait de bon cœur. »

Tous ces propos m'indignaient.

Un jour mon parent me dit en riant :

— Tu l'échappes belle. Ton bataillon va donner probablement demain.

— J'y cours ! répondis-je.

— Es-tu fou ?

— Non. Je suis patriote, et je veux me battre.

— Imbécile ! Dis que tu veux te faire battre, car tes *moblots* et les *lignards* seront rossés *à fond*.

— Qui sait ?

Mon parent me regarda bien en face et me dit d'un air étrange :

— JE LE SAIS, MOI !

Je cessai toute discussion, j'avais compris que tous les sacrifices de sang répandu seraient inutiles ; mais je quittai mon parent, et, j'allai, écœuré, rejoindre mon bataillon.

Nous fûmes, en effet, rossés... à fond... mais je ne fus pas même blessé.

Mon parent, furieux en apprenant que j'avais assisté à l'affaire, me réclama, et je dus obéir.

Il me reçut par ces mots :

— Eh ! bien, t'avais-je prévenu, tête brûlée que tu es ? A l'avenir, tu te tiendras tranquille, et tu conserveras un fils à ta mère. Sache bien que l'on ne livrera que des batailles pour rire et pour bien montrer aux Parisiens qu'ils sont f...ichus !

Je puis me rendre cette justice que, malgré mon découragement, j'ai fait mon devoir quand même ; mais j'éprouvais un immense mépris pour mon parent et pour les généraux et officiers qui pensaient comme lui.

Je vis des choses navrantes.

Je puis affirmer que l'on excitait les soldats à traiter les gardes nationaux de soldats de trente sous, et à crier : *Vive la paix !* ce qu'ils firent souvent.

Quand un soldat se plaignait, on lui répondait :

— C'est la faute des Parisiens.

Je ne puis accuser tous les généraux, tous les officiers supérieurs, et je suis loin de le faire ; mais je puis affirmer que beaucoup d'entre eux souhaitaient la défaite et haïssaient Paris.

Je n'étais pas républicain alors, je le devins, et, quand l'insurrection éclata, je pris un commandement dans un bataillon fédéré, croyant fermement défendre la République et venger la France des infamies dont les généraux réactionnaires l'avaient rendue victime.

Je me trompais, puisque l'ennemi était dans les forts et que la Révolution ne pouvait triompher ; mais je ne raisonnais pas et je cédais à un irrésistible entraînement.

J'ai expié mon erreur par sept ans de tortures ; je n'ai été amnistié que par faveur, grâce à l'intervention de ma famille qui, monarchiste comme elle l'est, cléricale et riche, jouit dans les ministères de l'influence que les fonctionnaires de la République accordent à tous les ennemis de la République.

Je crois remplir un devoir en demandant l'amnistie pour ceux qui n'ont pas eu le bonheur d'avoir des parents bonapartistes haut cotés et qui sont restés à Nouméa, qualifiés de malfaiteurs par M. Le Royer, lequel les calomniait sciemment ; il vient enfin de tomber du ministère, après avoir si longtemps menti...

Tant mieux !...

III

Un préjugé. — Les femmes de la Commune. — Si c'étaient des Prussiens ? — Soyons justes. — Une famille d'honnêtes gens. — Une veuve de 22 ans. — Un croquis de Parisienne à la plume. — La petite vérole noire. — Je suis blessé. — Un dévouement. — Lettre d'une fiancée à une mère. — Licenciement. — Rien sur la Commune. — L'entrée des Versaillais à Paris.

Je suis forcé, dès le début, de mettre une jeune fille en scène ; je sais que, pour la faire estimer ce qu'elle vaut, j'aurai à vaincre un préjugé.

Je dois faire un autre aveu.

Marié aujourd'hui, je ne l'étais pas alors ; nous étions fiancés, rien de plus.

Ma famille s'opposait à cette union ; il m'en coûtait de faire des sommations respectueuses ; j'étais certain de gagner ma mère à ce mariage, auquel elle a consenti de tout cœur depuis ; nous attendions et nous nous aimions chastement ; on peut en sourire ; elle a si souvent pleuré que j'ai conservé de ces tristes jours un amer souvenir.

Je sais quel ridicule s'attache à un mari épris de sa femme; je respecte et j'admire la mienne plus que je ne l'aime; ce respect et cette admiration, mes lecteurs les lui accorderont, quand ils auront pu juger de sa conduite et de son attitude pendant sept ans.

Jamais femme n'a plus souffert, ni plus dignement.

Je ne voudrais pas même donner son prénom; nous l'appellerons Juliette.

Comment je l'ai connue, je vais le dire tout simplement.

J'étais employé, elle était ouvrière; nous suivions le même chemin le matin, vers huit heures.

Elle était fille d'honnêtes gens, bons ouvriers, non dépourvus d'instruction; le père, les frères, se conduisaient bien, gagnaient leur vie dans des états lucratifs; la mère, qui était commerçante, faisait prospérer un petit établissement; la sœur aînée avait eu le malheur de perdre son mari, six mois après l'avoir épousé.

Encore en deuil, elle semblait inconsolable, éprouvait bien réellement un profond chagrin et portait dignement son veuvage, sans pose, sans affectation.

Elle était *première* dans le magasin où elle travaillait avec Juliette, sa sœur.

La première fois que je vis celle-ci, je fus frappé de son élégance innée, de sa modestie et de son air franc, loyal et naïf.

Point de minauderie, d'airs farouches ou agaçants de coquetterie; elle allait, près de sa sœur, de ce pas léger et cadencé des Parisiennes qui sont les seules femmes sachant marcher.

C'était une jolie blonde, aux yeux noirs, profonds, qui vous regardaient avec limpidité, de ces yeux qui ne mentent jamais; elle avait un visage ovale et gracieux, de beaux cheveux bouclés à l'italienne, une fuite de tempe adorable et un menton très légèrement proéminent, ce qui annonçait la fermeté sans rompre la douce harmonie des traits; sur les lèvres d'un joli dessin, j'ai surpris souvent un charmant sourire; le front rêveur, intelligent, s'ombrageait de frisures rebelles qui donnaient un peu de mutinerie à la physionomie, dont le trait principal était le nez, droit, ciselé à la grecque, aux narines roses et mobiles, signe certain de courage; je n'y pris point garde alors, et je ne me doutais pas des trésors d'énergie que cette jeune fille, de si délicate apparence, était capable de dépenser.

On a beaucoup parlé des femmes de la Commune, rarement en bien.

J'avoue que quelques-unes sont sorties de leur rôle.

Le grand, le seul reproche que l'on puisse leur adresser, c'est d'avoir été viriles.

Juliette, ma fiancée.

Quand une femme oublie les grâces, la faiblesse, la fragilité de son sexe, on est tenté de la blâmer et de railler.

Je m'étonne cependant que l'on se soit montré si sévère pour celles qui furent les héroïnes de la Commune.

J'ai lu dans l'histoire les panégyriques de Jeanne d'Arc et de Jeanne Hachette.

Si la Commune avait triomphé, l'on aurait exalté les femmes de Paris qui, ayant un mort à venger, ou poussées simplement par l'enthousiasme, se battirent avec courage; ce qui, malgré tout, fait honneur à la race.

Un tableau exposé au dernier Salon, un tableau que je n'ai pu voir, représentait, dit-on, une scène admirable : Des femmes gauloises sauvant le camp d'une tribu, attaqué par les Romains.

Ce tableau fut médaillé.

Or Versailles attaquait Paris.

Des femmes ont cru devoir se battre et défendre leurs foyers.

Parce que l'insurrection fut vaincue, doit-on trouver leur dévouement, leur exaltation, leur bravoure ridicules?

Au lieu de soldats versaillais en face d'elles, supposons des Prussiens.

Ces femmes, aujourd'hui seraient des héroïnes.

Soyons justes.

La femme ne sait rien, ou bien peu de chose de la politique.

Elle agit par impression, par sentiment, sans discuter avec elle-même.

Elle défend ceux qu'elle aime.

C'est la louve protégeant ses petits contre les chiens.

Je n'ai jamais compris pourquoi la presse réactionnaire a versé à pleines mains l'injure et le mépris sur les femmes de la Commune.

Une actrice a le courage fort inutile d'entrer dans la cage d'un lion apprivoisé; on l'exalte.

Une jeune fille, une mère de famille, prend part à la lutte, avec son frère ou son mari; cette lutte est une guerre civile, c'est vrai; mais la femme obéit à ses élans sans pouvoir juger qui a tort ou raison.

Elle est Parisienne, on attaque Paris; elle suit les siens, inquiète, exaltée, désespérée.

Son parti est vaincu.

On la fait prisonnière, on l'outrage, on la condamne, on la déporte.

Si les Prussiens avaient agi ainsi, on eût crié à l'abomination!

Je crois que les Versaillais se fussent honorés en oubliant d'injurier et de punir les femmes affolées.

Il est de ces malheureuses qui sont depuis sept années en Nouvelle-Calédonie!

Ce sont des hommes qui rendent la justice, ce sont des républicains (ils se disent tels, du moins) qui sont au pouvoir! Des femmes comme Mme André

Léo sont encore en exil; des héroïnes comme Louise Michel sont encore à l'île Nou.

L'Europe se demande si les Français sont toujours Français.

Je ne plaide pas ici pour celle qui m'a soigné, sauvé, soutenu pendant sept ans.

Elle est libre; elle a échappé aux rigueurs de la répression; elle m'a suivi à Nouméa de sa propre volonté; elle n'a jamais pris part au combat. Elle était trop réservée pour prendre un fusil et pour se montrer en public; si je ne signe pas cette œuvre, c'est beaucoup à cause d'elle. Elle serait désolée d'être désignée à l'attention publique.

Je suivis longtemps, chaque matin, à distance, les deux sœurs, aussi discrètement que possible; je sentis peu à peu que c'était une passion sérieuse, et non un caprice, qui m'avait saisi et me tenait à jamais.

Je m'informai de la famille, de sa moralité; je fus parfaitement édifié sur ce point, et, un jour, je déclarai à Laure, la sœur aînée, que j'aimais Juliette et voulais l'épouser.

— Vous ne pouvez être certain, me répondit-elle très simplement, que Juliette vous conviendra; qui sait si vous lui plairez? Ne dites donc rien de vos intentions à personne. Un mariage rompu fait du tort au jeune homme et à la jeune fille. Vous êtes sincère et vos intentions sont honnêtes, n'est-ce pas? Eh bien, je vais parler à mon père et à mes frères. Vous pourrez venir nous voir le dimanche, si bon vous semble, et, si vous vous accordez tous deux, vous le déclarerez quand vous serez bien sûrs de vous-mêmes.

Ainsi fut fait.

Mais, comme je l'ai dit, ma mère, poussée par la famille, mit obstacle au mariage.

Au moment où la guerre éclata, j'étais sur le point de vaincre cette résistance des miens.

Il plut à l'impératrice d'avoir *sa guerre à elle*, et elle l'eut.

Le plus jeune de mes futurs beaux-frères fut rappelé au régiment; il faisait partie de la réserve.

L'aîné, qui devait avoir eu quelque grand chagrin d'amour et qui était d'un caractère sombre, s'engagea dans une compagnie de francs-tireurs; la sœur aînée se dévoua dans les ambulances et mourut du typhus.

Moi, j'étais mobile.

Pendant le siège, le père et la mère furent victimes de la petite vérole noire qui tua cinq personnes dans la même maison et qui faillit m'enlever

Juliette; elle fut sauvée, mais de sa beauté elle ne garda rien que ses cheveux splendides, ses yeux et l'expression de son sourire.

On évita, aussi longtemps que possible, de lui donner un miroir.

Un jour, je vins la voir; en m'apercevant, elle fondit en larmes; elle s'était regardée dans une glace et trouvée laide.

Elle voulut me rendre ma liberté et me dégager de mes promesses.

Je me mis à ses genoux, et elle lut dans mes yeux que je l'aimais toujours autant; je n'y avais point grand mérite, du reste, car je la voyais telle que je l'avais vue auparavant; sous le masque tourmenté que la maladie avait jeté sur ses traits, je reconstituais la physionomie d'autrefois.

Puis ma tendresse s'était imprégnée de tant d'estime, que la beauté n'y était plus pour rien.

Je fus blessé à l'affaire d'Hay et Chevilly; Juliette le sut avant ma mère.

Comment?

Je l'ignore.

Elle accourut, déclara etre ma sœur, m'enleva en quelque sorte dans une voiture d'ambulance et m'emporta chez moi, dans mon logement de garçon que j'avais conservé; elle me soigna avec un dévouement admirable; elle me sauva certainement, elle ne voulut céder à personne sa place à mon chevet; il y eut lutte entre elle et ma famille; elle fut inflexible, et ma mère n'osa violenter cette volonté de fer, dans la crainte des émotions que je pourrais en éprouver.

Une fois qu'elle me vit en bonne convalescence, Juliette écrivit à ma mère laconiquement, mais respectueusement :

« Aucun droit, pas même celui d'une mère, ne prime celui d'une femme; votre volonté seule empeche que je sois légitimement la sienne; mais je suis sa fiancée; il est honnête, il m'a juré qu'il m'épouserait; je me considère comme mariée. J'ai fait mon devoir, il est vivant, je vous le rends. »

Ma mère m'a, depuis, avoué qu'après avoir lu cette lettre, elle s'était promis de laisser faire le mariage, malgré la famille.

Si la Commune n'avait pas suivi presque immédiatement le licenciement des mobiles de la Seine, j'aurais épousé Juliette sept années plus tôt.

Le gouvernement de Versailles me jeta avec 20,000 de mes camarades, sur le pavé de Paris, au lendemain de la capitulation.

J'étais à l'aise, moi!

Mais combien de mes camarades allaient se trouver sans travail, à la charge de leurs familles épuisées!...

J'ai dit comment j'étais devenu républicain et comment je me fis communard; je ne raconterai pas ce qui m'advint pendant la lutte; l'auteur de *la Vérité sur la Commune* a décrit mieux que moi les combats et les drames de cette guerre fratricide; je prendrai mon récit, au moment où les Versaillais entrèrent dans Paris.

IV

Paris après la prise du fort d'Issy. — La seconde enceinte. — Comment Passy fut enlevé : trahison. — Mon commandant passe à l'ennemi. — Il insulte les prisonniers fédérés à Versailles. — Fuite. — Je gagne le Trocadéro. — La maison de Juliette. — Antoine, mon futur beau-frère. — Cernés. — Le puits.

Le fort d'Issy était pris.

Les Versaillais avaient élevé une tranchée dans le bois de Boulogne, en face de la porte d'Auteuil; leurs batteries de brèche bouleversaient le rempart; les fédérés avaient évacué les bastions intenables et avaient improvisé une nouvelle enceinte, plus forte que la première, à l'aide du chemin de fer de ceinture; l'entrée des troupes était imminente.

On sait comment les remparts furent enlevés, mais on ne s'est jamais expliqué comment Passy et la seconde enceinte furent forcés.

Je vais prononcer le mot bien gros de trahison, et porter une accusation bien grave; les faits que j'avance sont patents.

Je faisais partie d'un bataillon dont le chef avait été élu pendant les premiers jours de la Commune, comme un des hommes les plus sûrs, les plus exaltés du parti.

Il se montra toujours très ardent : il poussait ses hommes aux excès, et l'un des capitaines lui dit un jour :

— On croirait vraiment que vous voulez déshonorer la Commune.

Il s'était chargé d'une longue ligne de défense d'Auteuil à Passy; nous avions tous fait la remarque que nous étions bien peu de monde, et que des renforts étaient nécessaires.

Il nous traita de poltrons.

La façon dont il distribua les postes nous parut étrange; il ne tint aucun compte de nos observations.

La nuit nous fûmes tout à coup pris à revers par les Versaillais, et nous dûmes battre en retraite sur le Trocadéro dans le plus grand désordre, sans entendre la voix du commandant.

Il s'était vendu à l'ennemi.

Le lendemain, des hommes du bataillon, faits prisonniers, défilaient dans

Versailles, et, au premier rang de ceux qui les insultaient, ils retrouvaient, qui?... leur commandant, en civil, les raillant et les injuriant!

L'homme est bien connu à la Bourse, où il spécule avec l'argent de la trahison.

J'avais réussi à gagner les hauteurs de Chaillot.

Arrivé au Trocadéro, j'étais tout près de la rue de Chaillot, où demeurait Juliette; je courus chez elle, pour la supplier de fuir et de se retirer dans Paris; j'y trouvai son frère, l'aîné, qui avait servi dans les francs-tireurs.

Lui aussi, il avait pris parti pour la Commune; lui aussi, voyant que la déroute commençait, il venait chercher sa sœur.

— Je ne veux pas, lui dit-il, te laisser dans le quartier; nous y sommes connus, et l'on te désignerait comme sœur et fiancée de communards; tu vas nous suivre dans le centre; nous te caserons dans une ambulance et tu y seras en sûreté.

En ce moment, nous entendîmes une vive fusillade dans la rue même et une canonnade puissante qui tonnait vers l'Arc de Triomphe.

Les Versaillais avaient tourné les hauteurs de Chaillot, établi leurs batteries de façon à balayer l'avenue des Champs-Élysées et lancé leurs colonnes en avant.

Nous étions pris.

Impossible d'échapper. Antoine, le frère de Juliette, m'attira vers la fenêtre, et me montra ce qui se passait; on mettait au mur et l'on fusillait sans pitié les fédérés surpris les armes à la main; d'autres étaient poursuivis et lardés à coups de baïonnette.

Une femme était étendue morte et ensanglantée sur le pas même de la porte.

— Ils tuent tout! me dit Antoine.

C'était déjà vrai, en cet endroit. Plus tard, le massacre fut sur tous les points à l'ordre du jour.

Antoine était un homme d'action et de résolution, une sorte de géant, d'une vigueur et d'une force inouïes; il était bien connu de l'usine Cail, dont il fut l'un des meilleurs mécaniciens.

Il prit rapidement sa résolution.

— Si la petite n'était pas avec nous, dit-il, ça m'irait de les canarder d'ici, ces assassins! et de me faire tuer par eux; mais vous vous aimez tous les deux; ce n'est pas parce que j'ai assez de la vie q[illegible] faut vous empêcher d'être heureux. Prends ton fusil! Verse du vin dans [illegible] bidon. Emporte ce pain, ces bougies, ces allumettes! Vite, donc!

— Où allez-vous? demanda Juliette. Je veux vous suivre.

— Parbleu! dit Antoine, venez tous les deux!

Il avait vidé les placards et, lui aussi, il s'était muni de vivres.

— Dépêchons-nous! dit-il. Ils tuent dans les rues; quand ils auront fini dehors, ils tueront dans les maisons.

Et il nous entraîna vers la cour.

Fort heureusement, depuis le bombardement, cette maison était déserte; tous les locataires l'avaient quittée; seule, Juliette me sentant près d'elle, à Passy, avait voulu rester, bravant les obus.

J'avais confiance dans Antoine; mais je fus bien étonné quand je le vis se diriger vers le puits et en saisir la corde.

— Comment, lui dis-je, tu voudrais...

— Oui! dit-il.

Juliette me pinça le bras et me dit :

— Laisse-le faire, il a raison.

Antoine arrangeait la corde et le seau.

Les puits sont très profonds à Chaillot; je voyais au fond de celui-là l'eau scintiller à plus de trente mètres, et je me demandais si Antoine avait l'idée de nous faire passer les premières heures des massacres dans ce trou glacé.

— Toi et Juliette, me dit-il, vous allez tenir la corde, et, pour avoir plus de force de résistance, vous la ferez frotter sur le montant de fer; comme ça, vous pourrez facilement soutenir mon poids.

— Tu descends donc...

— Oui. Vite! vite! à la manœuvre! Je crierai halte quand il le faudra.

Nous fîmes comme il l'avait commandé; il monta sur la margelle, mit ses pieds dans le seau, se retint à la corde et dit :

— Laissez couler!

Juliette qui me voyait tout effaré, murmura :

— Ne crains rien. Il y est descendu plus d'une fois avec mon autre frère.

La voix d'Antoine cria encore :

— Stopp! Assez! ne bougez plus!

Nous obéîmes.

Je calculai qu'il ne devait pas être au quart du puits et qu'il imprimait un mouvement d'oscillation au seau; enfin, au bout de quelques secondes, il me parut que la corde était délestée de son poids.

— Attention! cria Antoine. Hisse le seau!

Nous tirâmes, et le seau revint vide.

— A toi Juliette! cria du puits Antoine, je tiens la corde par en bas. Qu'Émile t'aide à te placer dans le seau.

Elle me fit trembler par la résolution, la hardiesse avec laquelle elle imita la manœuvre de son frère.

Évidemment le puits avait quelque creux au quart à peu près de sa hauteur; Antoine, dans ce creux, tenait la contre-corde et descendait sa sœur; mais en ce moment, le bruit de la fusillade, la crainte de voir entrer les soldats, me troublaient tellement que je ne me rendais pas bien compte des faits.

Bientôt je vis un bras sortir en quelque sorte du puits, saisir Juliette et l'attirer; elle disparut, puis le seau remonta vers moi.

En ce moment des coups de crosse retentissaient contre la porte, et l'on criait du dehors avec des jurons;

— Ouvrez, ouvrez!

— A toi! me dit Antoine; vite! les voilà!

Il était temps, en effet.

Je montai dans le seau et Antoine me descendit jusqu'à sa hauteur, au moment même où, la porte ayant volé en éclats, la cour s'emplissait de bruit.

Je me trouvai en face d'une excavation qui me parut très profonde; je sentis l'une des solides mains d'Antoine m'attirer, pendant que l'autre tenait toujours la contre-corde, et je pris pied.

— Sauvés! me dit Antoine.

— Mais où sommes-nous donc? lui demandai-je.

— Dans les catacombes de la rive droite qui ont un regard sur ce puits.

J'avais beaucoup entendu parler de ces fameux souterrains, où un omnibus s'était englouti et où une maison avait disparu, en 1862; j'en avais même remarqué l'entrée, qui était et qui est encore en haut de la rue du Bouquet-de-Longchamp; mais je n'y étais jamais descendu.

J'ignorais qu'ils avaient un développement immense et qu'ils formaient quatre, cinq et même six étages de galeries superposées, que l'on dut étayer quand on bâtit plus tard le palais du Trocadéro.

Je n'étais pas au bout de mes étonnements.

V

Une voix lumineuse. — Mon concierge. — Ils y sont! — Vite: En retraite! — Un coup de fusil. — Riposte. — La chute d'un corps. — Le cri du noyé. — La vengeance d'Antoine. — Sous l'eau. — Deux points de vue. — Il est mort! — Tant mieux! — Juliette prononce une oraison funèbre. — Amen.

Autant que je pus en juger, nous nous trouvions dans une galerie assez haute, puisqu'en levant la main je n'en atteignais pas la voûte; assez large,

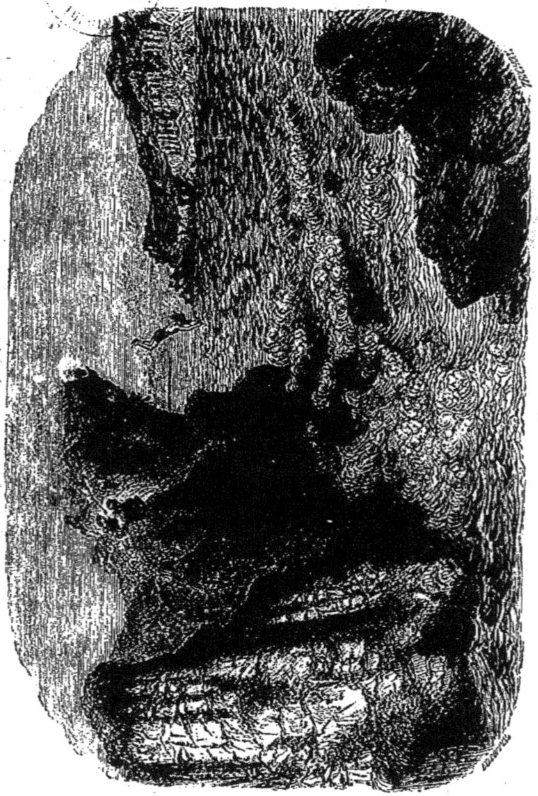

L'Évasion.

puisque nous pouvions nous y mouvoir tous les trois sans toucher aux parois.

Derrière nous, par l'orifice du puits, il venait un peu de jour.

Devant nous s'étendait un rideau sans fin d'épaisses ténèbres.

Nous entendîmes bientôt des bruits de voix qui, par un effet d'écho, semblaient venir du fond du puits; tous les bruits du dehors se répercutaient sur le miroir de l'eau et ils étaient renvoyés nets, distincts, mais grossis et chargés d'un accent étrange. Évidemment des soldats faisaient perquisition.

Ils ne trouvaient rien. Mais une voix dit :

— Je vous assure que j'ai vu entrer le frère d'abord et puis l'amoureux; pour sûr et certain, ils y sont; ils venaient chercher la petite, et ils n'ont pas eu le temps de l'emmener.

Antoine murmura entre ses dents un « canaille » bien senti, et il se rapprocha du puits pour écouter. Juliette lui dit très bas :

— Tu sais qui c'est ?

— Oui. Le concierge d'à côté! Il nous dénonce à cause de toi.

— A cause de vous, Juliette? demandai-je étonné.

— Oui, dit rudement Antoine. Il tourmentait ma sœur. Je n'ai pas voulu te le dire, et je lui ai administré une volée qui l'a fait se tenir tranquille.

Puis il ajouta :

— Ce que cet homme-là fait de mal dans Chaillot, on ne se le figure pas. Il attend les jeunes filles qui rentrent du travail et leur dit mille horreurs. J'ai eu tort de ne pas l'étrangler et le jeter à l'eau, un soir qu'il persécutait deux petites ouvrières sur le Cours-la-Reine.

— Il fallait le livrer à la police.

— Oh! la police, dit Antoine, elle ne donnait aucune suite aux plaintes qu'on faisait; cet homme a été arrêté deux fois à ma connaissance, et toujours relâché. Il était le mouchard du quartier.

Juliette nous poussa du coude et nous dit : Écoutez!

Les voix se rapprochaient.

Le concierge avait dirigé les perquisitions partout et fait fouiller la maison du haut en bas; il avait acquis la certitude que nous n'y étions point cachés.

Cependant il jurait toujours que nous étions entrés et point sortis.

Une voix lui dit d'un ton de commandement :

— Enfin, en voilà assez! nous ne pouvons pas passer la nuit à chercher deux communards.

— Ah! lieutenant, s'écria le concierge en insistant, si vous saviez! Ce sont des chefs, ces deux brigands-là! Les pires de tous! En les pinçant, vous feriez une fameuse prise.

Tout à coup une idée lui vint.

— Je n'y pensais pas, dit-il. Ils sont dans le puits.

— Dans le puits ! fit la voix du lieutenant avec une nuance d'incrédulité.

— Oh ! ce n'est pas comme vous le pensez, reprit le concierge. Ce puits donne sur les souterrains ; j'en suis sûr ; je connais la maison, et je sais que souvent ils y descendaient par curiosité, étant jeunes gens. Venez ! venez !

Et il entraîna les soldats vers le puits, pendant que Juliette nous disait :

— Sauvons-nous ! Ils vont descendre !

— Allons donc ! fit Antoine, il n'y a pas de danger. Et puis... après... Je me charge de les perdre, moi, dans les souterrains, et... d'en démolir plus d'un.

Il arma son fusil.

— Je t'en prie, Antoine, allons-nous-en ! supplia la jeune fille.

— Oh ! murmura-t-il, si seulement on pouvait démolir le concierge.

En ce moment on entendit grincer la poulie, et une voix dit :

— Je parie qu'en examinant les seaux, on verra qu'ils s'en sont servis pour descendre ; ils sont dans les souterrains, pour sûr.

C'était le concierge qui s'acharnait ainsi contre nous.

Juliette nous pria encore :

— Venez ! venez ! Pourquoi rester là ?

— Partons ! dit Antoine. Droit devant nous, le dos tourné au puits. Comptez trente-cinq pas tout bas, et arrêtez-vous. Là, il faudra tourner à gauche ; je vous prendrai par la main.

Nous suivîmes les instructions qu'il nous donnait.

Il faisait si noir que l'on ne distinguait absolument rien.

Juliette et moi, nous pensions qu'Antoine nous suivait et qu'il comptait, comme nous, consciencieusement ses pas ; mais j'en étais à peine à dix, qu'une détonation qui me parut formidable retentit ; puis j'entendis comme un grand bruit d'eau remuée par la chute d'un corps.

Je me retournai vivement.

Cinq ou six autres détonations suivirent précipitamment la première.

En marchant vers l'ouverture, je rencontrai Antoine qui me dit :

— Prends garde ! ils vont peut-être encore tirer.

Puis, avec une joie sauvage :

— J'ai descendu le concierge pendant qu'il se penchait sur les seaux ; il gigotte au fond du puits.

On entendait en effet le clapotis de l'eau battant les parois sous les efforts désespérés de l'homme qui se noyait.

Je m'avançai sans réfléchir, instinctivement ; j'étais poussé par la curiosité ; je me penchai et je vis les petites vagues du puits faisant danser une sarabande aux étoiles qu'elles reflétaient.

Le blessé se débattait et, soit qu'il parvint à remonter à la surface ou à s'accrocher à une saillie de pierre, il se mit à pousser deux grands cris d'appel qui me semblèrent passer devant moi, tout empreints d'épouvante.

En haut du puits, on s'agitait beaucoup, et l'on menait grand train, mais sans agir efficacement.

— Ils ne savent que faire, dit Antoine, et ils n'osent pas descendre par les seaux.

Puis il ajouta :

— Attention à toi ! Recule-toi ! Recule donc.

Et il me poussait.

Je pensai qu'il supposait que les soldats allaient tirer ! mais ce fut lui qui fit feu au fond du puits.

Un nouveau cri, strident d'abord, monta vers le ciel, puis s'éteignit dans un spasme ; il me sembla que l'eau, entrant dans la bouche de l'agonisant l'étouffait.

Les soldats, furieux, se remirent à tirer d'en haut dans la direction de notre retraite, en nous chargeant d'imprécations ; Antoine m'entraina en me disant :

— Ils ont beau crier. Le concierge a son compte.

— Est-ce bien lui ? demandai-je.

— Oui ! me dit-il.

— Tant mieux ! Lui, il le méritait !

— Et les autres, donc ?

— Ce sont des soldats ! Ils font leur métier ! Je serais fâché de tirer sur eux inutilement. Mais ce concierge, c'est un misérable.

Nous marchions, sans compter les pas ; il me serra le bras et me dit d'un ton colère :

— Moi, je mets tout dans le même sac ! Soldats, agents de police, mouchards, pour moi, ce sont tous des ennemis !

— Ce n'est pas la même chose.

— Tous bons à tuer !

Antoine, on le voit, était un exalté. Il n'y avait plus à discuter avec lui. Il voyait rouge et ne raisonnait plus.

Pour mon compte, j'aurais été désolé qu'il eût tué un soldat.

Le concierge était un de ces misérables qui, vicieux, dévorés par des passions honteuses, rachètent aux yeux de la police, je n'ose dire de la justice, la criminalité de leurs actes par l'utilité de leurs services honteux, souvent mensongers.

C'était un mouchard, enfin.

C'était un Delabode, un Puissant, un de ceux qui se glissent chez vous, mangent votre pain et vous dénoncent ensuite.

Que l'on écrase ces gens-là comme des insectes venimeux, quand on les rencontre sur son chemin, je le comprends.

Quant aux soldats qui se battent par ordre, je ne voudrais pas en tuer un, eût-il été sans pitié et féroce, en dehors de l'action même.

Et, pour moi, dans ce souterrain, nous étions hors de danger et hors du combat ; du moins, je le croyais.

Antoine ne pensait point de même.

Il n'avait pas servi comme moi ; il n'avait pas ressenti les effets de la discipline ; citoyen libre, il ne comprenait point qu'un troupier, encadré, commandé, entraîné, pût servir une cause qui n'était pas la sienne.

Tout ce qui était devant lui lui semblait ennemi responsable.

Et puis, les brutalités, disons le mot, les meurtres commis dans la rue, sous nos yeux, avaient exalté sa colère.

Il m'arrêta, car je marchais toujours, réglant mon pas sur le sien.

— Juliette! demanda-t-il alors.

— Je suis là, dit-elle.

— Ta main ?

Et en même temps il prenait la mienne.

— Tournons, fit-il. En douceur! Là, ça y est. Maintenant, marchons un peu. Encore tout droit, et j'allumerai la chandelle.

Nous avançâmes.

— Tu sais! fit-il, tu sais, Juliette, que j'ai descendu le concierge.

— Quel bonheur ! s'écria-t-elle.

Je connaissais ma fiancée, et, pour qu'elle résumât ainsi l'oraison funèbre du mouchard, il fallait que ce fût une bête bien venimeuse.

Alors, moi aussi, je pensai :

— Quel bonheur!

VI

Pas rassuré. — Une chambre du Conservatoire des Arts et Métiers sous terre. — Et manger ? — Et boire ? — La faction. — La mort pour tous.

Je n'étais pas aussi rassuré sur la situation qu'Antoine le paraissait.

Tout en marchant, je me pris à y réfléchir, et je songeai à cette porte des catacombes qui s'ouvrait en haut de la rue de Longchamp et que j'avais vue plusieurs fois ouverte.

Antoine venait d'allumer une bougie qui ne donnait qu'une clarté très faible.

A [illegible] voyait-on à dix pas devant soi ; mais cette lumière nous aidait à marcher.

N'étant plus préoccupé de tâter du pied le sol inégal et d'éviter de me cogner aux parois, je pus parler et je fis part de mes impressions à Antoine.

— Ne crains-tu pas, lui dis-je, qu'on ne nous poursuive ?

Il se mit à rire.

— Pas de danger ! fit-il. Crois-tu qu'ils oseront se risquer dans le puits ? Ils ont la porte de la rue de Longchamp. Ils viendront par là.

— Allons donc ! Nous avons, d'ici à l'entrée, cinq cents mètres de galeries, à double, à triple étage, enchevêtrées les unes dans les autres.

— L'administration, qui a fait travailler là-dedans, doit avoir un plan ; avec des torches, un peloton de soldats se guiderait facilement.

— Tu n'as pas idée de ce que sont ces souterrains.

Et hâtant le pas :

— Tu vas voir ! fit-il.

Il s'arrêta bientôt dans une espèce de carrefour auquel aboutissaient cinq galeries ; au centre, se trouvait une espèce de puits.

Antoine prit un débris de pierre et nous dit, à Juliette et à moi :

— Écoutez !

Il lança le quartier de moellon dans le vide de l'entonnoir.

Je prêtai l'oreille et je comptai jusqu'à neuf avant que le bruit de la pierre touchant le fond ne frappât mon oreille.

— Sais-tu, me demanda Antoine, ce que c'est que ce puits ?

— Non.

— Eh bien, c'est un entonnoir qui donne accès aux galeries inférieures ; la dernière est au niveau du fond ; juge si, nous sauvant d'étage en étage, on pourrait nous trouver.

J'étais un peu rassuré.

— Du reste, reprit Antoine, les troupes ont autre chose à faire que de s'amuser à poursuivre deux communards ; il y a tout Paris à prendre.

— Mais... après ?

— Qui se souviendra de nous, dans quelques jours ?

— Que comptes-tu faire ?

— Rester ici, attendre la fin. Quand le canon ne tonnera plus, nous laisserons passer encore quelques jours, puis nous aviserons à sortir et à nous perdre dans Paris.

— On nous reconnaîtra pour des fédérés avec nos uniformes.

— Pas de danger! Nous aurons des vêtements de civils.

— Et manger ?

— Tu mangeras.

— Et boire ?

Nous avons les puits.

Il avait l'air si sûr de lui-même que je pris confiance.

J'aurais bien voulu savoir ce que pensait Juliette ; mais elle marchait avec calme ; elle paraissait même absolument indifférente à ce qui se passait.

J'aurais voulu la questionner, mais la présence de son frère me gênait.

Ce garçon résolu, sombre, audacieux au delà de toute idée, qui venait de tuer si froidement le concierge (car nous étions convaincus que c'était notre dénonciateur qui était mort), ce fanatique de la Commune qui regardait sa vie comme rien et qui l'avait exposée avec une bravoure incroyable pendant les deux sièges, ce colosse me dominait, et je ne me sentais point libre à ses côtés.

Je subissais son ascendant.

Je le savais loyal, incapable d'une bassesse, d'une trahison, d'une lâcheté ; mais la façon dont il avait achevé le concierge me prouvait qu'il était capable d'être cruel dans le châtiment; en effet, je le vis toujours impitoyable contre tous ceux qui méritaient sa haine.

Je dois dire, du reste, que ses vengeances furent toujours parfaitement justifiées et légitimes.

Ce qui me frappait le plus en lui, c'était l'impassibilité froide, l'immobilité du masque dans les circonstances critiques.

J'attribuai cette rigidité des traits à cette tristesse qu'il avait toujours gardée d'un malheur passé que je ne connaissais point, et dont il ne parlait jamais; mais je remarquai plus tard que sa sœur Juliette, dans le péril, lui ressemblait singulièrement ; sa physionomie prenait l'immobilité du bronze et un caractère implacable.

Antoine nous conduisit, à travers un dédale de galeries, jusqu'à un certain point connu de lui, où il s'arrêta.

— Halte ! dit-il. Nous serons bien ici. C'est un bon endroit.

J'examinai la galerie.

Elle s'élargissait et formait une sorte d'ellipse.

— Sais-tu pourquoi je reste ici ? me demanda-t-il.

— Non !

— C'est parce que j'ai remarqué que c'était l'endroit le plus sonore de tous ces souterrains ; c'est même très curieux.

— Mais, dis-je, tout au contraire, je n'entends plus le canon, et je suis sûr pourtant qu'il tire à outrance.

— La terre tremble ! fit observer Juliette.

Nous sentions en effet des trépidations très marquées.

— Vous n'entendez rien, dit Antoine, parce que vous êtes au centre de la galerie ; mais c'est ici comme dans la salle du Conservatoire ; en vous rapprochant du mur, vous allez voir.

Et il nous invita à coller nos oreilles aux parois.

Je fus saisi d'étonnement.

Les bruits m'arrivaient nets, distincts, très clairs, à ce point que je distinguais parfaitement les coups tirés par les canons versaillais du Trocadéro et ceux des pièces fédérées des Tuileries.

— Tu comprends, me dit-il, que nous ferons faction à tour de rôle. Il es impossible de marcher dans ces galeries, à cinq cents pas d'ici, sans que nous sachions que l'on vient à nous ; par conséquent, nous aurons toujours assez d'avance pour filer.

— Puis il nous donna des instructions concises en cas d'alerte.

— D'abord, nous devions éteindre la bougie, si elle était allumée.

— Mais, dit-il, nous n'avons pas besoin de voir clair, excepté pour manger ; nous serons donc presque toujours dans l'obscurité.

Il me recommanda ensuite de saisir sa vareuse et à Juliette de saisir la mienne et de marcher ainsi derrière lui.

— Nous ne nous hâterions pas, dit-il. Nous aurions toujours le temps de gagner un carrefour ; une fois là, nous enfilerions une galerie, et ceux qui nous poursuivraient hésiteraient entre celle-là et les autres.

Puis, repoussant loin toute idée de péril, il dit :

— Mais qui diable penserait à nous donner la chasse ?

A Juliette, il ordonna :

— Sers-nous une croûte.

Il avait déposé sa musette, son bidon et tout ce qu'il avait pris de provisions ; moi de même.

Je remarquai qu'il commandait à sa sœur un peu comme à une servante ; du moins, c'était l'idée que je m'en faisais, et cela me choquait toujours.

J'appartenais à ce monde où l'on ne parle aux femmes qu'avec la plus exquise politesse ; je ne pouvais m'habituer à la rudesse des mœurs ouvrières

Le Roi du Bagne.

où la femme est un peu la domestique du mari; plus tard, je pus me convaincre qu'Antoine aimait sa sœur avec un dévouement sans bornes et que sa façon de lui ordonner ceci ou cela était une question de milieu et d'habitude.

Juliette tira des musettes du pain et quelques débris de viande ; elle les plaça sur une pierre ; on trouvait beaucoup de blocs et de débris.

— Voilà ! dit-elle.

Je fis une observation après un coup d'œil jeté sur les vivres.

— Nous n'en avons pas pour longtemps, dis-je, à peine deux jours ?

— Deux jours ! s'écria Antoine. Tu t'imagines que l'on peut vivre deux jours avec ça, toi ! Allons donc.

Il tira sa montre :

— Il fait jour là-haut, dit-il ; mais quand la nuit sera venue, j'irai en chercher, moi, des vivres !

— Comment! tu sortiras.

— Parbleu! Il faut bien se nourrir! J'aime mieux risquer ma peau que d'avoir faim.

Je regardai Juliette; elle avait toujours le même air indifférent.

— Et s'il est tué? demandai-je à la jeune fille.

— La guerre est la guerre! répondit-elle.

— Et si je meurs?

— Je mourrai!

Le ton froid et résolu dont elle dit ce mot me donna froid dans le dos; ne fût-ce qu'à cause d'elle, j'aurais tenu à vivre.

VII

Le repas. — L'appétit d'Antoine. — Ma préoccupation. — La chasse sous terre. — Les terriers. — Le chien Trim. — Une perspective peu agréable. — Si le ciel tombait.

Notre repas ne fut pas long.

Quand nous l'eûmes terminé, nous commençâmes à éprouver cette torture de l'ennui, qui devait nous dévorer pendant de longues heures.

Antoine avait soufflé la bougie.

Ceux qui n'ont pas subi l'impression que nous éprouvâmes ne s'imaginent pas ce que c'est.

Avant d'avoir été enfermé dans les catacombes, je ne me figurais pas à quel point l'obscurité absolue pèse à l'homme.

Ceux qui ne connaissent que le noir d'une nuit sombre, le noir d'une cave, le noir même d'un cachot, ne savent pas ce que c'est que le noir des catacombes.

Les ténèbres y sont si épaisses qu'on croit en sentir la lourdeur sur ses épaules; on serait tenté de découper des tranches d'ombre au couteau.

On a froid jusqu'au fond de l'âme et jusque dans la moelle des os.

C'est la privation momentanée et complète du sens de la vue.

Celui qui vit relégué dans un *in pace* sent encore filtrer par quelque fissure un reflet de pénombre venu des galeries supérieures; son œil perçoit des différences et fait des comparaisons.

Dans les catacombes de la rive droite, rien, absolument rien ne vous permet de distinguer quoi que ce soit.

J'en restai d'abord saisi et comme anéanti; cette suppression de l'œil me donnait la sensation partielle du néant ; j'avais horreur de ce vide insondable ouvert devant moi.

Antoine, fort heureusement, ayant bourré sa pipe, fit flamber une allumette dont la clarté vive, joyeuse et pétillante me causa un plaisir infini ; quand elle s'éteignit, il me sembla qu'une gaie lueur d'espérance s'envolait.

Pendant quelque temps, je vis encore la braise rougeâtre du tabac enflammé ; mais peu à peu la cendre la couvrit, et le noir nous envahit de nouveau.

J'éprouvai le besoin de parler.

Antoine n'était pas très causeur. C'était une nature concentrée.

Je remarquai cependant qu'il répondit plus longuement et plus volontiers que d'habitude à mes questions.

Était-ce l'effet de l'obscurité ?

Je crois que oui.

Ceux qui sifflent dans les caves ou qui ont envie de parler (et le nombre en est grand), n'ont pas peur de voleurs absolument imaginaires ; la terreur vague qui les saisit est une sorte d'horreur instinctive pour la perte d'un sens ; ils ont le besoin invincible de se parler à eux-mêmes pour se rassurer contre la mort partielle qui les envahit ; ils veulent se prouver qu'ils existent.

Je parlai donc.

Une idée me préoccupait, du reste.

— Pourquoi, demandai-je à Antoine, descendiez-vous dans les catacombes? Ce n'est pas très amusant.

— Ça dépend ! dit-il. D'abord, sans les souterrains, je me serais suicidé.

— Pourquoi ?

Il y eut un silence.

Enfin, Antoine me dit d'un ton bref, mais avec un accent dur et sec :

— Depuis dix ans, la vie me pèse ; je n'ai pas à te dire pourquoi ; Juliette s'en doute, mais elle n'en a jamais soufflé un mot à personne.

Il me sembla qu'il serrait la main de sa sœur.

Il reprit :

— Dans les commencements de mon chagrin, je voulais me tuer ; c'est Juliette qui m'a fait comprendre mon devoir.

Elle était pourtant bien petite, mais elle avait tout deviné.

Elle me dit que, si mon père mourait, la nichée d'enfants, avec la veuve, serait bien malheureuse et dénuée de tout.

Je me résolus à vivre ; j'étais un en-cas ; je n'avais pas droit à la mort.

— Pauvre Antoine ! murmura Juliette.

Il continua :

— Par curiosité, j'étais descendu dans les catacombes ; j'y revins souvent, surtout dans les commencements de mon malheur, pour oublier.

Je me couchais au milieu même de cette galerie, au centre, là où je vous ai montré que l'on n'entendait rien, et je savourais le silence, l'obscurité ; je m'endormais comme dans la mort.

— Tu oubliais ! dis-je.

— Oui, dit-il ; j'ai passé des semaines à engourdir ici mon chagrin.

— Mais tu ne dormais pas toujours ? Tu as dû faire des explorations ?

— Plus tard ; quand j'ai chassé.

— Comment, chassé ?

— Oui. Et ça rapportait. Demande plutôt à Juliette.

— Plus que de travailler ! dit la jeune fille. Ça nous a aidés.

— Mais que chassais-tu ?

— Le rat.

— Ça se vend donc ?

— Oui, vivant.

J'étais bien surpris.

— N'as-tu jamais vu, demanda Antoine des chiffonniers se promener la nuit avec une lanterne, un chien et une cage ?

— Si.

— Et as-tu vu opérer ces *biffins?* Sais-tu ce qu'ils font ?

— Ma foi non.

— Eh bien ! ils chassent le rat ; c'est un bon métier.

— Je l'ignorais.

— As-tu remarqué que leur chien suit les ruisseaux le long des trottoirs ?

— Oui.

— Il est en quête des rats et les fait fuir dans les rigoles des gargouilles. Une fois réfugiés là-dedans, les rats sont pris. Le chiffonnier place à la sortie de la rigole sa cage, porte ouverte ; il a une tringle de fer qu'il introduit dans les fentes de la rigole et il chasse les rats vers la cage ; ceux-ci y entrent ; le chiffonnier ferme brusquement la porte de la cage, et le tour est fait.

— Mais ces rats, à quoi est-ce bon ?

— Aux Anglais.

— Il ne les mangent pas, je suppose?

— Non, mais ils les font manger par leurs chiens terriers.

Et Antoine m'expliqua que tout le quartier des Champs-Élysées, du Trocadéro et du faubourg Saint-Honoré est le rendez-vous de familles anglaises riches qui y sont installées.

Les cochers, les palefreniers, les maîtres même ont la passion d'un certain sport qui consiste à enfermer un terrier dans un box en bois, au milieu d'une cour ou d'une écurie.

Dans le box, on lâche une centaine de rats vivants.

Le terrier se jette dessus et les étrangle ; les paris sont ouverts pour savoir combien il en tuera en une minute; il y a aussi des paris pour tel chien contre tel autre.

— Tu conçois, me dit Antoine, que c'est une manie, une rage pour les amateurs. Il leur faut des rats vivants et bien grouillants. J'avais le moyen d'en avoir et de beaux !

— Dans les catacombes ?

— Oui, au fond, tout au fond, dans les galeries du bas. Ils se tiennent là, parce que c'est dans les basses fosses que viennent aboutir toutes les immondices de Chaillot.

— Mais on vide donc ces immondices dans les catacombes ?

— On y vide tout. Imagine-toi que les propriétaires des vieilles maisons, construites à l'ancienne mode, quand Chaillot était une petite commune à part, ne subissaient pas la visite de la salubrité. Ils savaient que les catacombes s'étendaient sous leur ville et ils faisaient creuser leur fosse jusqu'à la rencontre d'une galerie ; de cette façon, ils n'avaient jamais à la faire vider.

— C'est économique.

— De plus, pour éviter d'aller jusqu'à la rue, de sortir en camisole et de vider les ordures sur le trottoir, les femmes de ménage ont pris l'habitude de tout jeter là-dedans. Les souterrains vont en pente et tout coule vers les bas.

— Ça doit être infect.

— Et dangereux. Çà et là, le long des pentes, ces vidanges rencontrent des dépressions et les comblent ; ça forme de petits étangs que l'on appelle : *les moutardes*. Quand l'administration a fait parcourir les galeries et y a fait travailler, des ouvriers sont tombés dans les moutardes; il y a eu mort d'hommes.

— Mais, dis-je, ces rats, comment les prenais-tu ?

— Avec de grands pièges que j'avais fabriqués et où ils venaient se faire pincer. Une fois, j'ai failli être dévoré par eux.

— Par des rats !

— Tu ne te figures pas ce que c'est qu'une armée de rats, ça vous mangerait un homme le temps d'en parler.

— Ils ont tué notre pauvre Trim ! dit Juliette.

— Un chien ?

— Oui, un beau terrier ! dit Antoine. Il m'a sauvé ; sans lui j'étais pris.

— Par les rats ?

— Oui. J'étais descendu trop bas. Ils m'ont flairé, ils se sont rassemblés par milliers, cent mille, un million peut-être ! Mon chien s'est jeté sur eux, ce qui m'a donné le temps de remonter à la galerie supérieure. Je suis sûr qu'en cinq minutes, leur avant-garde avait fait de Trim un squelette.

— Mais si ces rats montaient jusqu'ici ? demandai-je épouvanté.

— Ils restent toujours dans les fonds.

— Enfin... s'ils venaient ?

— Ah ! tu m'ennuies ! Tu vois toujours des périls où il n'y en a pas. Si le ciel tombait, il y aurait beaucoup d'alouettes de prises.

Et Antoine, dédaigneux, se tut.

Moi je songeai aux rats, me rappelant qu'ils sont tellement redoutables que rien ne les arrête et que, dans leur migrations en Suède, ils dévorent tout, et que l'on a conservé le souvenir de villages ravagés par eux.

VIII

La peur des rats. — Une idée d'Antoine. — La double vue. — Une tsigane. — La sortie d'Antoine. — Pas catholique ! — La fusillade. — Anxiété. — Le récit d'Antoine. — Une escouade de lignards. — Un homme qui n'est pas mort. — Enlevé ! — C'est moi.

Antoine me parla longtemps encore des rats et de ses chasses ; il m'expliqua qu'il vendait, en moyenne, chacune de ses prises 10 centimes, mais que les rats exceptionnels valaient jusqu'à 30 centimes.

Il en avait fourni un jour deux cents pour l'écurie de l'ambassade anglaise ; ils avaient tous un minimum de quarante centimètres.

Moi, je songeais toujours à ce que j'avais lu sur la voracité de ces rongeurs ; je me rappelais surtout l'histoire de ce hameau du Holstein, où une armée de rats émigrants avait surpris les habitants qui leur avaient en vain livré bataille ; il avait fallu évacuer le village, et plus de douze personnes y avaient péri.

Mais, pour ne pas alarmer Juliette, que l'aventure tragique du chien Trim ne devait pas rassurer, je gardai mes réflexions pour moi.

Peu à peu Antoine cessa de parler; il faisait pourtant des efforts, lui, si taciturne d'habitude, pour animer la conversation; il me sembla que lui, qui autrefois aimait ce silence et cet anéantissement des catacombes, il l'aurait fui volontiers à cette heure.

Le souvenir devait lui revenir tenace et douloureux; il eût voulu se distraire, oublier; mais moi j'avais peur des rats.

Peu à peu, comme je ne répondais que par monosyllabes, Antoine, qui ne savait guère causer, faute d'habitude, ne dit plus rien.

Alors ce fut un grand silence.

Je remarquai qu'il quitta le centre de la galerie où l'on n'entendait rien, pour se placer contre le mur; les bruits du dehors s'y répercutant devaient le distraire.

— Dormez si vous pouvez, nous avait-il dit. Moi, je veille.

Dormir, je n'en avais nulle envie; l'idée des rats m'obsédait.

Je me figurais le chien Trim attaqué par l'innombrable légion de rongeurs, disparaissant sous eux, en éventrant cent, mille peut-être, luttant avec la fureur d'un terrier, mais se sentant mordillé par les dents aiguës de ses ennemis, perdant son sang et sa force, succombant et mourant déchiqueté jusqu'aux os.

J'étais assis sur un débris de pierre, immobile et persécuté par une sorte de cauchemar dont l'obscurité entretenait et augmentait la puissance, quand je sentis une main saisir la mienne; c'était celle de Juliette.

— Tu t'ennuies, n'est-ce pas? me dit-elle tout bas. Eh bien! au lieu de penser aux rats, pense à moi.

Qui lui avait pu révéler ainsi ma préoccupation du moment?

Les femmes ont-elles donc un sens particulier qui leur permet de pénétrer ainsi dans la conscience et dans l'âme de l'homme et de le deviner toujours? Plus tard, je fus émerveillé en m'apercevant que je ne pouvais avoir une pensée, une impression si fugitive qu'elle fût, sans que Juliette en ressentît le contre-coup.

Bientôt sa tête se posa sur mon épaule, et je sentis la crainte des rats se dissiper et s'engourdir sous la torpeur qui pesa sur moi peu à peu.

J'eus l'occasion bien souvent, depuis, de me convaincre que Juliette exerçait sur moi une sorte de fascination magnétique; elle était fataliste comme beaucoup de Parisiennes, qui bravent le danger avec une insouciance inouïe et qui vous disent tranquillement au milieu d'une épidémie : « Il n'arrive que ce qui doit arriver. »

De plus Juliette était si brave, si ferme, si résolue, elle eût accepté la mort avec tant de sang-froid, que je me la suis toujours figurée comme une femme extraordinaire, douée d'une énergie sans bornes, dont je subissais l'ascendant.

Peu à peu, je m'assoupis.

Je dus dormir longtemps.

Ce fut Antoine qui m'éveilla en allumant la bougie.

Je le vis debout, son chassepot en main, s'apprêtant à partir.

— Où vas-tu donc? demandai-je.

— Chercher des vivres, parbleu! dit-il. Voilà que la nuit est venue.

Il regardait sa montre.

— Par où sortiras-tu?

— Il y a une issue qui donne sur un terrain vague; elle n'était bouchée qu'avec des planches et des madriers; mais, étant, comme tout le monde, à court de bois, le propriétaire aura brûlé cette barricade. Dans tous les cas, avec du temps et de la patience, je m'y ferai passage.

— Tu vas peut-être te faire prendre.

— Pas de danger.

— Si nous allions avec toi?

— Vous me gêneriez et vous me feriez certainement pincer.

Puis il reprit brusquement :

— Tu te dis que me laisser aller seul au danger, ce n'est pas d'un homme, n'est-ce pas? Voilà ta pensée. Eh bien, si Juliette n'était pas là, tu aurais raison; mais elle est là. Pour ce que j'ai à faire, elle serait un empêchement. Je ne veux pas non plus qu'elle reste seule ici. Tu dois donc demeurer près d'elle.

Il avait raison.

Je ne fis plus d'opposition.

Il reprit :

— Vous ne connaissez pas les catacombes; vous ne bougerez donc pas d'ici, car vous pourriez vous égarer.

Et il s'éloigna.

Avec Antoine, pas de réplique possible; il avait une façon d'être et de faire qui vous glaçait les observations sur les lèvres.

Nous demeurâmes seuls.

Juliette vint s'asseoir près de moi et nous attendîmes.

Le temps me sembla démesurément long; j'étais inquiet.

Il me sembla que des heures s'étaient écoulées depuis le départ d'Antoine;

Çà et là, dans la campagne, se cachait un fédéré...

j'allumai une bougie et je regardai ma montre ; il n'était dehors que depuis quarante minutes.

— Tu es impatient ? me dit Juliette d'un ton de reproche.

— Parce que je crains pour lui, répondis-je.

— Il ne faut pas t'en occuper ; la vie d'Antoine est finie.

— Que veux-tu dire ?

— Il te l'a donné à comprendre. Il cherche la mort. Quand il la trouvera, il sera bien heureux. Moi, du reste, à sa place, je me suiciderais ; s'il ne le fait pas, c'est qu'il a juré à ma mère, pendant son agonie, qu'il ne se tuerait pas.

Et avec une nuance indéfinissable d'accent que je ne saurais rendre :

— Maman, dit-elle, était catholique et très religieuse.

— Et toi? demandai-je.

C'était la première fois que nous parlions de religion.

— Moi, fit-elle hésitant.

Puis, jetant ses bras autour de mon cou, elle me dit d'une voix câline et douce :

— Je serai ce que tu voudras.

Ce n'était pas répondre, mais comment insister?

A cette époque, je conservais encore très vif le souvenir des enseignements maternels. Je n'étais point clérical, tant s'en faut, mais j'avais la foi.

— Juliette, demandai-je, tu ne crois donc pas? Sois franche.

— Je crois à toi, dit-elle.

Je n'insistai pas, mais je fus un peu étonné en comprenant que cette enfant était comme son frère, qui regardait la religion comme un tissu de mensonges et d'absurdités.

D'une femme, cela me choquait.

Ceci peut paraître ridicule, mais, séance tenante, j'entrepris de lui prouver que la foi était très supérieure à la négation! c'était absurde en ce moment.

— Écoute, me dit-elle, je ferai comme tu l'entendras, nous nous marierons à l'église, j'irai à la messe; tu ne peux pas me demander plus. Mais quand à être convaincue, jamais, jamais, jamais...

Puis elle me raconta le passé de sa famille, que j'ignorais.

— Tu sauras, me dit-elle, que, par mon père, je descends d'une tribu de bohémiens. Notre aïeul quitta la vie errante pour devenir un musicien distingué dans une troupe de Tsiganes; mon père épousa une femme catholique; mais Antoine et moi nous n'avons pas été baptisés.

Jusqu'alors j'avais ignoré ces particularités; elles m'expliquèrent bien des traits de caractère qui m'étonnaient.

Comme nous causions, j'entendis tout à coup, étant adossé au mur, plusieurs coups de fusil et des cris.

Je sautai sur mon chassepot.

— C'est Antoine qui a été surpris! m'écriai-je. On le poursuit.

Je voulus courir dans la direction où j'entendais la fusillade; elle me retint.

— Il a dit, fit-elle, de l'attendre ici; attendons!

— Mais...

— Je connais Antoine! il faut faire à la lettre ce qu'il commande. Crois-moi; c'est le plus sage. Nous attendîmes.

Pendant une demi-heure au moins, une demi-heure qui me parut interminable, la fusillade continua.

Enfin elle cessa.

— Il est tué! dis-je.

L'angoisse me serrait à la gorge.

J'étais humilié et désespéré.

— C'est fini, dis-je à Juliette. Il est mort maintenant.

Comme homme, je me sentais humilié d'avoir subi l'ascendant de ma fiancée, de l'avoir écoutée et d'être demeuré là inerte pendant que son frère se battait avec les soldats.

Je m'écriai avec désespoir :

— C'est déshonorant pour moi! Tu m'as fait commettre une lâcheté!

Elle me dit avec un calme inouï :

— Tu as suivi mon conseil, et je te l'ai donné parce qu'il s'agissait de mon frère; je le connais mieux que toi; il faut toujours lui obéir; il est le chef de la famille, et il a le droit de commander.

Puis elle ajouta :

— Je suis plus brave que toi, j'en suis certaine; tu n'as du courage que par devoir, par honneur; moi je n'ai jamais eu peur. Quand je te prie d'une chose, jamais je ne songe à épargner ni ta vie, ni la mienne.

Je restai silencieux et morne.

Elle reprit :

— Tu n'as qu'un juge, moi! Je n'ai qu'un juge, toi! Le reste du monde nous importe peu! Nous ne vivons que pour nous. Quand tous les autres te reprocheraient une chose, que t'importe, si je trouve que tu as bien fait!...

Ce qu'elle disait là, elle le pensait!

Je compris en ce moment que, si Juliette était Parisienne, elle était plus Tsigane encore; le vieux sang des tribus bohêmes parlait en elle.

Ces familles vivent en dehors de la société, pour elles-mêmes.

Tout ce qui est hors d'elles leur importe peu; elles rapportent tout à elles-mêmes.

De là, une grandeur sauvage, des dévouements sublimes et ignorés.

Pour la femme, l'estime d'un père, d'un frère et d'un mari, c'est tout.

Pour l'homme, l'affection de sa mère, de sa sœur, de sa femme, supplée à tout.

— Que faire? demandai-je.

— Attendons! dit-elle. Antoine va venir dans quelques minutes.

— S'il est mort?

— Il ne l'est pas.

— Qu'en sais-tu?

— Jamais un des miens n'est mort ou n'a été frappé sans que je ressente le coup ; Antoine est sain et sauf.

Dans une pareille circonstance, Juliette disant cela avec sincérité, je fus très impressionné; déjà elle m'avait affirmé que lorsqu'une balle m'avait atteint, elle avait en quelque sorte reçu le contre-coup de ma blessure.

— Je t'ai vu tomber! m'avait-elle dit.

Et, avec une incroyable lucidité, elle m'avait raconté où, comment et dans quelle circonstance j'avais été blessé.

Plus tard, elle me donna de nombreuses preuves de cette incroyable faculté, qui est innée chez les femmes de sa race.

Elles ont la double vue.

Il y a quelque vingt ans, scientifiquement, ces phénomènes passaient pour du charlatanisme, et on les niait.

Aujourd'hui, un docteur célèbre, un membre de l'Académie de médecine, produit à volonté le sommeil magnétique.

D'autre part, on est parvenu à diriger un courant électrique à travers l'espace, sans fil conducteur, par la seule force de la projection.

La science d'hier niait le pressentiment, le sens divinatoire, le *mens divinior* de l'antiquité; la science d'aujourd'hui, hésitante et troublée, admet qu'il y a quelque chose ; celle de demain expliquera tout.

Juliette avait raison.

J'entendis bientôt un bruit de pas; une voix dit bas et lentement:

— C'est moi!

Antoine arrivait.

— Pas blessé? demandai-je.

— Mais non, dit-il.

Puis il ajouta :

— Juliette a dû t'en prévenir.

— Comment l'aurait-elle su?

— Elle est Tsigane! Elle a le don! Rien ne peut nous arriver, de loin ou de près, qu'elle n'en soit avertie.

Je suis Parisien, je suis devenu très sceptique, je raisonne sur tout et je n'admets pas volontiers l'extraordinaire; mais aujourd'hui, après tout ce qui m'est arrivé, j'avoue que j'ajoute foi à bien des choses dans le sens que j'ai indiqué, et qui me paraissaient absurdes, ridicules même.

Antoine arrivait très chargé.

Il mit à terre plusieurs objets qu'il avait apportés, puis il dit :

— Vous avez entendu ces imbéciles? Ont-ils usé de la poudre inutilement!

— Que s'est-il passé? demandai-je.

— D'abord, il faut vous dire, fit Antoine, que le concierge n'est pas mort.

— Ah!

— Non. Il vit.

— Mais le noyé du puits?

— Ce n'était pas cette canaille-là, malheureusement; pour deux motifs.

Juliette eut un soupir. Elle regrettait que le concierge n'eût pas été tué. Rancune de femme que je trouvai légitime.

Je demandai :

— Qui donc est tombé dans le puits? Un soldat?

— Non! un officier. Et c'est le fils d'une famille riche, apparentée avec un général qui est furieux, tout naturellement.

— On va fouiller les catacombes.

— Pas encore maintenant. On se bat toujours dans Paris; mais quand ce sera fini, ils feront une descente.

— Nous serons pris.

— Pas sûr. Nous avons bien des chances d'échapper. Pour l'instant, le bruit court dans Chaillot que les souterrains sont remplis d'insurgés, et les troupes qui sont en réserve dans le quartier ne dorment pas tranquilles. On dit que les catacombes sont minées et vont sauter.

— Tu as donc pu questionner des gens du pays?

— Non.

— Alors, comment sais-tu ce que tu nous apprends pour le moment?

— Voilà! dit Antoine.

Il s'assit, alluma sa pipe, et commença son récit.

— Lorsque j'arrivai à la barricade, dit-il, je trouvai un poste dans le terrain.

Il y avait là un caporal et au moins une dizaine d'hommes.

— Une escouade.

— Des fantassins. Ils avaient allumé un feu, et ils causaient assis sur leurs sacs. Un factionnaire se promenait de long en large devant l'ouverture qui n'était pas barricadée, comme je l'avais prévu. Le père Récollins, le propriétaire, a brûlé les planches pendant le siège.

« Les soldats causaient.

« Ils se plaignaient d'être obligés de coucher à la belle étoile, pendant que les autres étaient cantonnés dans les maisons.

« Le caporal trouvait saugrenue l'idée de garder l'ouverture des souterrains; il disait que si quelques pauvres diables de fédérés s'étaient réfugiés là-dedans, ils n'avaient pas l'intention d'en sortir, et il était de fort mauvaise humeur.

« Tout son monde paraissait éreinté et brisé de fatigue.

« Il y avait des hommes qui dormaient et qui ne voulurent pas se réveiller pour manger la soupe quand elle fut prête.

« C'est par la conversation des soldats que je sus qui était mort de mes deux balles et les bruits qui couraient.

« Eux ne croyaient pas aux mines, et ils disaient que s'il y avait cinq ou six insurgés dans les souterrains, c'était tout.

« J'attendais toujours.

« Peu à peu, tout le monde ayant mangé s'endormit lourdement.

« La sentinelle elle-même, après s'être promenée, s'adossa à un mur et finit par ronfler, le dos aux moellons, les mains sur son fusil.

« Je voyais, aux dernières clartés du feu, les vivres des soldats entassés, sur une toile de tente, café, sucre, pain, viande, tout en tas.

« Quand je fus bien sûr qu'ils ronflaient tous, je me glissai vers le feu, je relevai les quatre coins de la tente et je courus vers mon trou.

« Le factionnaire s'éveilla et tira ; les autres firent feu aussi.

« Ils ne voyaient rien, absolument rien ; mais ils ont continué longtemps la fusillade, probablement pour faire croire qu'ils avaient eu affaire à beaucoup de monde, afin d'expliquer comment ils s'étaient laissé enlever leurs vivres.

« Voilà. Ce n'était pas difficile d'avoir de quoi manger, comme vous voyez. »

Et il prit un pain.

— Ne penses-tu pas qu'ils vont venir ? demandai-je à Antoine.

— S'ils viennent, nous les entendrons de loin, tu sais bien, dit-il.

— C'est malheureux tout de même que tu aies tué un officier.

— Ce qui est fait est fait.

Et Antoine mangea avec appétit, aussi tranquille que s'il eût été assis à la table de famille ; moi, je me demandai quelle serait la fin de tout ceci.

La nuit et le jour suivant se passèrent sans incident ; nous entendions la canonnade et nous tâchions de nous rendre compte des progrès de l'armée.

Antoine estimait que la résistance des insurgés ne durerait pas plus de huit ou dix jours, et il ne se trompait pas.

— Quand ce sera fini, me dit-il, ils ne fusilleront plus. Alors, nous verrons à sortir et, si c'est possible, à leur échapper.

IX

Du pain pour quatre jours! — Pas d'eau. — L'affaire du puits. — Un parfait *sergent*. — Le factionnaire et la vérité. — Triple brute. — Je sauve la vie au sergent. — Regrets de Juliette.

Nous vivions sur cette espérance.

Nous avions du pain, mais nous manquions d'eau; Antoine me dit :

— Je vais en chercher.

— Au puits? demandai-je.

— Pas à celui par lequel nous sommes descendus; on doit y faire bonne garde; mais j'en connais cinq ou six autres qui traversent les galeries, dont un à cent pas au plus.

— Allons-y! dis-je.

— Allons! fit-il.

Juliette nous accompagna.

— Michel, recommanda-t-elle à Antoine, auquel il lui arrivait souvent de donner son second prénom, défie-toi.

C'était la première fois que je l'entendais donner un conseil à son frère.

Il avait, comme j'ai pu en juger, une foi aveugle dans les pressentiments de sa sœur; il n'avança vers le puits qu'avec les plus grandes précautions.

Ce fut fort heureux pour lui et pour nous, car tous les puits connus pour avoir vue sur les souterrains étaient surveillés.

Antoine s'était glissé à plat ventre vers l'ouverture.

Je le suivais.

L'air qui nous arrivait d'en haut était plus vif et plus frais; je le respirais avec délices; j'entrevoyais vaguement la clarté d'une nuit étoilée, lorsque j'entendis comme un grincement de fer.

Antoine avait étendu son fusil et fait remuer les cordes qui, communiquant le mouvement aux seaux, à la poulie et au montage, produisaient un bruit désagréable.

Il y avait sans doute près de la margelle un factionnaire qui, surpris, fit feu dans la direction de l'ouverture.

La balle effleura une pierre, ricocha et pénétra dans la galerie, déchirant l'air de ce sifflement lugubre particulier aux projectiles déformés par un choc.

Antoine se replia un peu sur moi.

— Nous sommes à l'abri, dit-il à voix basse. Écoutons un peu.

Un poste avait pris les armes et il était accouru.

Qu'est-ce qu'il y a ? demanda une voix. Pouquoi avez-vous tiré ?

— Sergent, ils ont voulu attraper les cordes du puits.

Le sergent se pencha au-dessus de la margelle, et dit :

— On n'entend rien.

Antoine arma son chassepot.

— Je t'en prie, lui dis-je, ne tire pas ; ce sont de pauvres diables.

— Des assassins ! dit-il d'un ton sec. Ils ne font pas de grâce.

— Je te supplie de ne pas faire feu ! lui dis-je en insistant. Épargne-les à cause de moi ! J'ai été soldat aussi, moi.

Juliette se joignit à moi, et Antoine se laissa fléchir.

Pendant ce temps, le sergent se disputait avec le factionnaire.

— Vous avez mis tout le monde sur pied pour rien ! lui dit-il. C'est idiot. Il n'y a personne là-dedans.

— Mais les seaux dansaient.

— Taisez-vous.

Et avec mépris :

— Ces sacrés conscrits, c'est bête à faire tort aux rations des mulets du train. Ça se fait des imaginations la nuit.

— Mais, sergent, j'ai entendu et j'ai même vu remuer les cordes.

— Des berlues... je connais ça...

Puis, avec mauvaise humeur :

— Des communards là-dedans ! une blague ! Ça n'est pas possible.

— Mais, dit un caporal, on prétend qu'ils sont toute une bande et qu'ils ont tué un officier qui se penchait sur un puits.

— Vous êtes aussi cruche que les autres, caporal, dit péremptoirement le sergent. On ne sait quoi inventer pour embêter le troupier ; le service est pourtant assez dur sans ça. Cette idée de mettre un poste à chaque puits ! S'il y a un communard là-dedans, j'avale une pièce de douze devant la compagnie.

Puis au factionnaire :

— Je vous appointe de deux heures de faction en plus pour nous avoir éveillés inutilement. Ça vous apprendra.

En ce moment, le mot de crétin arriva aux oreilles du sergent.

— Hein ! qu'est-ce qui s'est permis de m'insulter ? demanda-t-il furieux.

— Ça vient du puits, dit le caporal.

Le réveil du fusillé! (*Père Lachaise.*)

— Du puits ! du puits !

— Oui, du puits, vieille brute, lui cria Antoine, qui avait déjà qualifié de crétin ce type du *parfait rengagé*.

Le sergent exaspéré déchargea son fusil dans notre direction, mais sans aucun résultat.

— Prenez garde, lui fit observer le caporal, ils vont vous descendre comme ils ont déjà descendu le lieutenant de l'autre jour.

Le sergent se rejeta en arrière, maugréant et jurant.

Le factionnaire, qui avait sur le cœur les reproches injustes du vieux sous-officier, lui dit très doucement :

— Puisqu'ils sont là-dedans, vous me levez ma punition, n'est-ce pas, sergent ?

— Au lieu de deux heures, vous en ferez quatre pour observation inconvenante ! dit le sergent. Taisez-vous et fichez-moi la paix.

Décidément c'était une brute.

La main démangeait tellement à Antoine que, dans la crainte qu'il ne tirât, je l'emmenai, aidé par Juliette.

Je fais grâce au lecteur des réflexions d'Antoine sur le sergent ; si celui-ci les eût entendues, il eût été cruellement vexé.

— Comment allons-nous boire, si tous les puits sont gardés ? demandai-je à Antoine.

— Aux fissures, me dit-il.

Et il nous emmena à travers les galeries, jusqu'à une voûte à travers laquelle l'eau, filtrant goutte à goutte, tombait sur le chemin ou suintait le long des murs.

— Marchez dans mes pas ! dit-il.

Nous le suivîmes, sentant le sol humide ; sur les côtés, il s'était formé des petites rigoles et nous arrivâmes à un creux plein d'une eau claire, mais d'un goût fade.

— Pas fameuse, dit Antoine. Mais nous la mêlerons à de l'eau-de-vie.

Quoique cette eau fût filtré et très claire, elle n'était pas bonne, et son passage à travers les carrières l'avait chargée de sels en dissolution ; je lui dus la dysenterie dont j'ai tant souffert ensuite.

Nous revînmes à notre place accoutumée et nous causâmes longtemps de l'incident du puits.

— Vous avez eu tort, nous disait Antoine, de ne pas me laisser tuer le sergent ; il n'aurait plus infligé des punitions injustes aux troupiers. Est-il possible d'être obligé d'obéir à de pareils abrutis !

— C'est malheureux, dis-je. Mais ces vieux sous-officiers sont des *rengagés*, plus bêtes que méchants ; j'aurais été désolé si tu avais tiré.

— Ils nous fusillent bien, eux ! Je suis sûr que, si le sergent nous tenait, il nous ferait achever par ses hommes.

— Ce n'est pas une raison pour être féroces comme lui et comme eux. Nous sommes des citoyens, nous, et des républicains. Je n'ai qu'une crainte, c'est que nos camarades, exaspérés, ne se livrent à des représailles qu'on leur reprochera toujours, tandis que, de longtemps, on ne parlera des actes de sauvagerie des Versaillais.

— Moi, dit Juliette, c'est pour te faire plaisir que j'ai prié Antoine de ne pas tirer ; mais je hais ces soldats qui assassinent le peuple.

— Vous ne tenez pas compte de la façon dont on a surexcité les troupes ! dis-je. On a empêché toute communication entre elles et les civils dans les cantonnements de Versailles. On leur a raconté sur les Parisiens et la Commune les plus absurdes mensonges ; ces troupiers croient que nous sommes un ramassis de bandits et de bêtes fauves. On recommence le même jeu qu'en 1848, et on leur dit que les communards brûlent les prisonniers à petit feu. Voilà pourquoi ils sont comme enragés.

Je continuai à plaider les circonstances atténuantes ; mais vainement.

Antoine concluait toujours :

— J'ai eu tort de ne pas tuer le sergent.

Quant à Juliette, je suis sûr qu'elle pensait absolument de même.

Le frère et la sœur avaient dans les veines le sang d'une race orientale qui ne sait ni oublier ni pardonner.

Nous causâmes presque toute la nuit.

Lassé enfin, je m'endormis.

Un léger coup de coude de Juliette me réveilla, et je crus qu'il s'agissait de reprendre la faction d'Antoine, mais elle me dit :

— Écoute.

On entendait, en effet, des bruits de pas dans les galeries.

Antoine, me voyant très inquiet, me dit :

— Reste tranquille ! Je ne vois pas pourquoi nous quitterions cette place d'où nous surveillons la marche de ce détachement.

En effet, les bruits se répercutaient si nettement, si distinctement, que l'on percevait jusqu'au bourdonnement des voix.

— Michel, demanda Juliette, quelle heure est-il en ce moment?

— Huit heures du matin.

Je ne voyais point d'autre issue à la situation que l'attente, la longue attente, en prolongeant nos vivres le plus possible.

— Quand le canon ne tonnera plus, disais-je à Juliette, on ne fusillera plus, parce que la lutte sera terminée partout. Alors si ton frère n'est pas revenu, nous chercherons un puits, nous appellerons et nous nous livrerons. On ne peut rien te faire à toi...

Elle ne répondait pas.

Ce silence m'inquiétait et je n'osais pourtant lui demander son avis ; j'avais peur qu'elle n'eût pris quelque résolution farouche.

Il se passa trois jours, trois fois vingt-quatre heures, sans que je pusse me distraire de cette idée que jamais Antoine ne reviendrait.

Le matin du quatrième jour, ma montre marquait cinq heures, j'entendis un bruit de pas au loin ; une troupe nombreuse était descendue dans les galeries.

L'affaire de l'officier, celle de l'escouade mise en déroute et pillée, celle du sergent, enfin celle du quai, avaient fini par inquiéter l'autorité supérieure ; la Commune agonisait, la troupe était sûre de la victoire définitive ; on pouvait donner la chasse aux bandes que l'on croyait réfugiées dans les souterrains.

Cette fois la chasse fut bien combinée, et elle fut bien conduite.

J'ignore si ce fut à l'aide d'un plan, si l'administration fournit des guides pris parmi des hommes ayant travaillé dans les catacombes ; toujours est-il que les soldats occupaient plusieurs galeries et avançaient, ne laissant rien derrière eux qui ne fût fouillé.

Juliette n'eut pas un mouvement d'hésitation ; elle ramassa ce qui restait de vivres et ralluma la bougie.

— Écoute, me dit-elle, nous avons de l'avance ; nous y voyons clair, avançons, fuyons devant les soldats, toujours en descendant. Nous parviendrons peut-être à leur échapper.

Je pris mon fusil et nous partîmes ; j'avais le cœur serré et point d'espoir.

Les soldats n'avançaient pas vite ; on leur avait tant parlé de bandes, qu'ils nous croyaient très nombreux.

Ils s'attendaient à une lutte.

Nous allions descendant toujours, et toujours sentant qu'on nous suivait.

Nous arrivâmes ainsi à une vaste excavation, qui semblait être un carrefour.

Les soldats ne pouvaient pas être bien loin de nous ; j'entendais des bruits de voix ; nous n'avions pas cinq minutes devant nous.

Je voulais gagner l'une des trois galeries qui se trouvaient en face de nous ;

Juliette, en deuil, dans l'église de Versailles.

mais il fallait traverser le carrefour dont le terrain me parut comme miroitant.

Je voulus hâter le pas, mais je sentis que je m'enfonçais dans une boue fangeuse, et je compris que j'avais devant moi un de ces *pots de moutarde* dont m'avait parlé Antoine, c'est-à-dire un obstacle aussi répugnant à aborder que dangereux.

Cependant, comme les soldats arrivaient, je voulus savoir à quoi m'en tenir et j'avançai; je ne fis pas dix pas sans être sali jusqu'aux épaules; j'allais me noyer dans un liquide sans nom.

Il fallait mourir ou se rendre, et se rendre c'était encore très probablement mourir!

Je songeais à la piteuse mine que ce pauvre garçon devait avoir; mais je pensai aussi à moi et à l'aspect que j'aurais quand je pourrais rallumer la bougie.

Il faut avoir subi le supplice que j'endurais pour comprendre combien il était intolérable; cette fange visqueuse et puante, pénétrant le vêtement, suintait sur ma peau et produisait un effet de colle-forte qui ne laissait pas d'être douloureux; mais l'effet était surtout moral.

Il me semblait que je respirais la *moutarde* par tous les pores, que mes veines en étaient injectées, que je ne m'en purifierais jamais.

Dans ce moment-là, je désirais de l'eau avec l'ardeur inouïe d'un voyageur altéré, et cependant je n'avais pas soif; mais j'aurais voulu me placer sous les cataractes du Niagara et les sentir couler sur mon corps.

L'air que je respirais, imprégné de l'abominable odeur de la *moutarde*, me semblait salir mes poumons; je crois que si la chose eût été possible, après un bain extérieur, je me serais retourné volontiers comme un gant, pour me laver à l'intérieur.

Cependant, les bruits de pas s'étaient peu à peu éteints dans le lointain, je voulus rallumer ma bougie.

Fort heureusement mes allumettes étaient enfermées hermétiquement dans une boite en métal et n'étaient point mouillées.

Entendant mes préparatifs, Juliette me dit avec angoisse :

— N'allume pas !

— Pourquoi ?

— Tu me verrais !.... Dans quel état je suis, mon Dieu !

— Et moi donc ?

Je fis flamber l'allumette...

Nous étions hideux.

La pauvre enfant se mit à pleurer à chaudes larmes; elle, si énergique, redevenait femme et se désolait à l'idée de paraître sous cet aspect répugnant.

— De l'eau ! disait-elle, de l'eau ! Cherchons de l'eau.

Et nous descendîmes le long de la galerie, espérant trouver un de ces puisards où s'accumulaient en flaques les gouttes d'eau suintant des voûtes.

Nous eûmes le bonheur d'en rencontrer un assez vaste.

En un tour de main nous fûmes déshabillés, et, nous fîmes de notre mieux pour nous laver.

Ce n'était pas facile.

Il fallait puiser l'eau avec mon bidon vide, et il me semblait que cent mille bidons ne suffiraient pas à la tâche.

Nous lavâmes ensuite nos vêtements, les trempant, les tordant, les retrempant, les retordant; mais nous avions tellement troublé l'eau de cette flaque que nous pensâmes à en chercher une autre.

Nous redescendîmes donc plus bas encore et, suivant les rigoles, nous découvrîmes un autre petit bassin.

De nouveau, nous recommençâmes à nous baigner et à lessiver nos vêtements.

Il ne faisait pas froid, au contraire; l'air était chaud et humide; la température, celle des caves très profondes.

Ce second bain nous parut agréable, mais encore insuffisant.

— Cherchons encore! dit Juliette.

Et nous courûmes les galeries, nous enfonçant toujours plus bas; nous avions la folie du bain.

Au quatrième ou au cinquième, je ne me souviens plus, cette espèce de frénésie tomba enfin pour faire place à la prostration qui suit les baignades prolongées; j'avais tant frotté ma peau que je croyais la sentir amincie, prête à se trouer par endroits, comme un parchemin passé à la pierre ponce.

Juliette fut saisie d'une invincible envie de dormir.

Elle avait beaucoup veillé; elle avait subi des émotions dont le contre-coup se faisait sentir; la réaction du bain aidant, elle était accablée de lassitude.

Je jetai sur le sol mes vêtements mouillés encore, mais tordus autant que ma force de poignets le permettait; elle tomba littéralement sur cette couche humide et s'y assoupit si vite, si brusquement, que je craignis une congestion.

Mais la respiration restait si régulière que je fus bientôt rassuré.

Juliette dormait profondément.

Alors, mais seulement alors, je songeai à admirer, aux lumières tremblotantes de la bougie, cette statue merveilleuse que la fatigue avait vaincue et couchée, dans cette nuit et dans cette obscurité.

La splendeur de la carnation et la pureté des lignes restituaient au visage son expression et sa beauté; je le reconstituai, de souvenir, avec une facilité de mémoire qui m'étonna.

Pour en donner une idée, je dirai :

Imaginez un beau plâtre, représentant une déesse olympienne ou une des belles nymphes de la Renaissance, dont vous voyez chaque jour les formes qui se fixent dans votre œil. Un jour un accident arrive; La statue est renversée, les traits sont abîmés.

Peu importe! vous les revoyez tels que vous les avez vus toujours, sans grands efforts d'imagination.

Je restai là longtemps, admirateur passionné et respectueux.

Jamais je n'aurais interrompu ce sommeil, si, malheureusement, un incident n'était venu renouveler mes transes.

XI

Une armée redoutable. — La stratégie. — L'assaut. — La fuite.

Je ne pouvais, dans ma contemplation et mon extase, me décider à souffler la bougie.

Cependant j'éprouvais une anxiété vague, indéfinissable, dont je ne me rendais pas bien compte.

Qu'était-ce?

Quelle cause?

Je ne suis pas doué, comme Juliette, de ce don étrange de la double vue et du pressentiment.

Donc je dois attribuer à un motif purement physique et saisissable à mes sens, ce qui m'arracha à mon extase.

J'y ai réfléchi, et j'en suis arrivé à conclure que je fus saisi à la gorge par une odeur spéciale et très âcre.

Je me retournai et je fus frappé de stupéfaction en voyant derrière moi plus de cent mille petits points lumineux, brillant comme des escarboucles dans la profondeur de la galerie.

C'était précis, net, comme une réalité; cependant je me crus le jouet d'une hallucination.

Je pris la bougie et je marchai dans cette direction.

Les deux ou trois mille points lumineux qui étaient les plus rapprochés de moi disparurent avec un petit bruit soyeux.

Mais, derrière cette première ligne, les autres escarboucles restaient immobiles et dardées sur moi.

J'avais peur... peur de l'inconnu.

Je ne savais que penser.

Après tout ce qui m'était arrivé, j'éprouvais cette fatigue, résultant d'émo-

Mme Lesné et ses enfants réfugiés dans les bois pendant la révolte et sauvés par un transporté politique.

tions morales et de secousses physiques, qui vous prédispose à l'exaltation.

Ce qui était arrivé se renouvela, et j'entendis de nouveau ce petit frôlement doux qui avait frappé mon oreille, en même temps que s'éteignaient plusieurs rangées de ces petites lueurs grosses comme des têtes d'épingle.

Je marchai plus vite. Les rangs d'escarboucles s'évanouirent.

Mais d'autres se reformaient en arrière. Je hâtai le pas, je courus même; alors je sentis sous mes pieds des corps mous et des piqûres douloureuses.

Cette fois je compris. — Les rats! m'écriai-je.

Et, pénétré de l'imminence du péril, me souvenant du chien Trim et de sa mort sous la dent des rats, je reculai et j'appelai Juliette qui s'éveilla.

— Les rats! lui criai-je, les rats!

J'étais arrivé près d'elle; elle secouait péniblement sa torpeur.

— Vois! lui dis-je.

Les rats s'avançaient!

— Vite! dit-elle. Remontons! Mon frère nous a dit que plus on descendait dans les galeries, plus les rats étaient hardis. Viens vite! Ils n'oseront pas nous suivre dans *les hauts*.

Cependant les rats s'étaient arrêtés et je dis à Juliette:

— Ils n'avançent plus.

Ils se trouvaient juste sur le bord de la ligne de lumière vive que projetait la bougie; ils semblaient hésiter à la franchir.

— Le feu leur fait peur! dit Juliette; mais remontons vite, car ils passeront outre. Mon frère avait de la lumière quand ils se sont jetés sur lui et sur son chien; ils finiront par courir sur nous.

Elle avait ramassé ses vêtements et les miens; nous nous mîmes à marcher rapidement, un peu au hasard, mais toujours dans le sens de la montée.

Nous étions talonnés par les rats.

— Pourvu, dis-je, que ces maudites bêtes ne s'enhardissent pas trop vite.

Juliette avait peur.

Mourir d'une balle ne l'effrayait pas, mais être devorée vivante par des milliers de dents aiguës, c'était un long et hideux supplice.

J'espérais néanmoins.

Les rats ne nous pressaient point de trop près, et même, en me retournant, je remarquai que leur masse diminuait.

— Ils ont peur! dis-je. D'instinct, ils fuient les hautes galeries. Nous montons et ils nous abandonnent peu à peu.

Elle secoua la tête.

— Tu ne crois pas? demandai-je.

Elle ne répondit pas.

Je levai la bougie au-dessus de ma tête et je dis à Juliette :

— Tu vois bien que la bande est beaucoup plus clair-semée.

Mais elle parut n'y attacher aucune importance.

Il me sembla qu'elle avait les dents serrées et que sa crainte était si vive qu'elle ne pouvait point parler

Nous continuâmes à battre en retraite, gagnant vers les hauts.

Tout à coup Juliette m'arrêta :

— Regarde, me dit-elle à son tour. Tu t'occupes de ce qui se passe derrière toi, et c'est ici, devant, qu'est le danger.

Je m'aperçus avec épouvante que des millions de points lumineux s'étendaient, en effet, devant nous.

Les rats avaient décidément le sentiment (qu'on me passe le mot) que si nous arrivions à l'étage supérieur, nous échapperions.

Pourquoi?

Je ne le savais pas encore, et je ne me l'expliquai que plus tard.

Mais comment passer?

Nous l'essayâmes.

Sans doute nos adversaires avaient pris leur résolution, car ils ne cédèrent point devant nous ; quand la lumière atteignit les premiers rangs, il y eut comme un léger frémissement, mais pas un rat ne prit la fuite.

— Si nous avançons, me dit Juliette, nous sommes perdus ; ils attaqueront.

— Les autres viennent sur nous, dit la jeune fille ; les voilà.

En effet, nous étions cernés, et le cercle de nos ennemis se resserrait toujours.

La minute critique était arrivée.

Je crois qu'en ce moment c'en eût été fait de nous, si je n'avais pas eu une idée qui pouvait au moins prolonger la lutte.

J'avais ma giberne et une musette qui étaient pleines de cartouches ; avais-je été assez heureux pour qu'elles fussent protégées contre l'humidité de la moutarde par la couche de graisse qui les couvrait?

J'en tâtai une et la déchirai.

La poudre était sèche; la moutarde était plus boueuse que liquide; elle n'avait pas pénétré.

— Espérons, dis-je.

Je fis rapidement, avec mes chemises mouillées, deux torches dont je roulai l'extrémité dans la poudre, qui s'attacha à la toile encore humide, et j'improvisai deux fortes mèches grossières, deux boute-feux, que j'allumai à la bougie et qui flambèrent en répandant une flamme et une fumée rougeâtres.

J'en donnai une à Juliette et je lui dis :

— Avançons résolument et ils reculeront peut-être.

Je ne me trompais pas.

La seule vue de l'épaisse nuée incandescente qui s'était formée, et qui arrivait sur les rats, les mit en déroute.

Ils s'enfuirent.

— Sauvés ! dit-je joyeux. Sauvés !

Et j'entraînai Juliette.

Nous fîmes ainsi environ cinq ou six cents pas, et nous fûmes avertis par l'odieuse odeur de la moutarde que nous allions arriver au bord de la cuvette.

Juliette s'arrêta.

J'éprouvais, moi aussi, l'horreur de la moutarde: mais si les rats avaient fui devant nous, ils nous suivaient toujours, et je comprenais qu'il fallait prendre une résolution, car ils devaient finir par s'habituer aux torches comme ils s'étaient accoutumés à la bougie; ces animaux sont très intelligents, et, poussées par la faim, ils ne reculent devant rien, sinon devant l'impossibilité absolue.

— Il faut passer, dis-je. Nous ne pouvons rester ici longtemps. Pour retrouver la galerie où ton frère nous cherchérait en vain, il faut franchir la cuvette. Viens, il n'y a pas à reculer.

— Oh ! si j'étais seule, murmura-t-elle, je préférerais mourir que rentrer là-dedans.

— Pas d'enfantillage, je t'en prie. Nous trouverons encore de l'eau, et nous nous baignerons.

Elle ne se décida qu'après bien des supplications et beaucoup de temps perdu.

Enfin elle se laissa entraîner.

Nous recommençâmes à longer les bords; mais cette fois le trajet fut moins désagréable, car nous n'avions pas nos vêtements, nos torches nous éclairaient mieux, nous pûmes serrer le mur.

A peine avions-nous de la moutarde au-dessus du genou.

Je me mis à trembler en songeant à ce qui serait arrivé, si le soldat avait eu l'idée de serrer la rive comme nous.

Enfin nous atteignîmes la galerie vers laquelle tendaient nos efforts.

Je m'arrêtai pour observer les rats.

A ma grande surprise, ils se tenaient au bord de la cuvette, sans remuer.

— Ils vont rester là, dit Juliette.

— Tu crois qu'ils ne passeront pas?

— Impossible.

— Pourquoi donc?

— Cette fange ne peut les soutenir, et ils ne peuvent y nager; c'est comme un sable mouvant sous leur poids.

— C'est vrai! dis-je. Et ils savaient bien que nous étions sauvés si nous arrivions là, car ils n'ignorent pas que pour eux, la barrière est infranchissable.

Bien des choses m'étaient expliquées.

Cependant, Juliette murmurait :

— Sauvés! Hélas! non... Comment retrouver la galerie où doit nous rejoindre Michel? Et, si nous la retrouvons, Michel reviendra-t-il jamais?

(J'ai déjà dit qu'elle donnait à son frère son second prénom de Michel).

Je pensai à mon tour que, sans vivres, nous serions morts en deux jours, et la faim me tenait déjà.

Je sentais sa griffe déchirant mon estomac.

La longue torture de notre interminable agonie commençait.

XII

De mal en pire. — Récriminations. — Tue-moi. — Il fallait mourir. — Scrupules d'un catholique. — Souffrons et tâchons de vivre. — Le labyrinthe. — Découragement.

Comme les joueurs malheureux, j'avais contre moi la série.

Lorsque les soldats me poursuivaient, je pensais que le pot à moutarde était le plus grand malheur qui pût se trouver sous mes pas, et j'avais franchi cet obstacle, m'imaginant que je ne rencontrerais rien de pire.

Mais les rats m'avaient prouvé qu'il y avait quelque chose de plus terrible que de mourir d'une balle ou d'une noyade ignoble.

Après avoir été exposé à être dévoré vivant et à souffrir pendant une demi-heure, une heure peut-être, sous le mordillement des rats déchiquetant peu à peu mes chairs, j'étais intimement convaincu qu'aucun supplice n'égalait celui-là.

A peine sauvé, je commençai à croire que je regretterais la balle des soldats, l'asphyxie dans la *cuvette*, la dent des rats.

Je savais que le supplice de la faim se prolonge pendant de longues heures et que les souffrances endurées sont atroces.

Notre espoir, maintenant, reposait sur des bases bien fragiles.

En effet, il s'agissait d'abord de retrouver ce que j'appelais notre campement, c'est-à-dire cet endroit où une galerie, s'élargissant en vaste ellipse, formait une salle d'acoustique rappelant celle du Conservatoire.

D'autre part, il fallait attendre le retour d'Antoine.

L'effet de la souffrance et du désespoir est de faire taire la générosité dans le cœur de l'homme ; j'aurais dû cacher mes pensées à la femme dévouée qui m'accompagnait et qui partageait si vaillamment mon sort ; je ne fus pas maître de mes paroles.

— Ton frère, lui dis-je, n'aurait pas dû sortir pour aller se venger. Il aurait mieux fait de laisser ce concierge en paix et de ne penser qu'aux vivres.

Au ton amer dont je fis ce reproche, Juliette comprit mon irritation.

Elle se tut.

Je continuai :

— Il a préféré se venger, et nous allons mourir de faim ici.

Juliette se tut encore.

Je repris :

— Si, au lieu de fuir dans ces maudits souterrains, nous nous étions rendus sans tirer sur ce capitaine, nous ne serions pas dans cette situation, et c'eût été préférable.

Juliette, incapable de se contenir plus longtemps, me saisit le bras et me dit :

— Tu es injuste.

— Non, dis-je.

— Les soldats tuaient dans les rues, s'écria-t-elle. Nous avons fui la mort...

C'était vrai.

Toutefois, je ne voulais pas convenir de mon tort ; je continuai à être injuste, et je m'écriai à mon tour :

— Est-ce qu'il n'eût pas mieux valu être fusillés que subir l'agonie qui nous attend ?

— Nous sommes toujours maîtres d'y échapper, dit-elle résolument.

Elle planta en terre une torche qui brûlait encore, et se croisant les bras, l'œil étincelant, superbe d'audace et de dignité, le visage transfiguré, plus belle que je ne l'avais jamais vue, elle me dit :

— Charge ton fusil.

— Pourquoi ?

— Tu vas me tuer d'abord, et tu te brûleras la cervelle ensuite, puisque tu regrettes la mort des mains des soldats.

Je n'aurais jamais cru à tant d'énergie ; il n'y avait pas à douter de la résolution qui animait Juliette.

— Je n'aurais jamais le courage de tirer sur toi, lui dis-je en baissant la tête sous son regard.

— Soit ! dit-elle.

Puis me tendant son front :

— Adieu murmura-t-elle.

Je sentis ses deux bras à mon cou, ses deux lèvres sur les miennes.

Elle se dégagea, recula d'un pas et me demanda :

— Ton fusil!

— Non ! non ! dis-je, croyant comprendre qu'elle voulait se tuer.

— Ton fusil! répéta-t-elle, Il faut en finir!... Je te tuerai d'abord, et je me percerai le cœur ensuite avec ton sabre-baïonnette.

Je ne m'attendais pas à cette proposition ; je n'aurais jamais cru à un courage aussi farouche chez une femme.

Tant d'énergie me faisait honte de ma faiblesse ; je fus sur le point de tirer sur elle, pour en finir, comme elle disait.

Mais une pensée toute religieuse me retint, et je suis certain que ce fut là le sentiment vrai qui m'inspira.

J'étais conquis à son idée, fasciné par son regard ; force, courage, faiblesse ou lâcheté, j'allais tirer, quand je songeai que je croyais au jugement de Dieu, à l'enfer ; je l'ai dit, fils d'une mère catholique, croyant encore à cette religion, je regardais le suicide comme un crime, et je ne pus surmonter ma répulsion.

— Impossible ! murmurai-je.

Elle eut un haussement d'épaules qui me parut méprisant.

— Écoute, lui dis-je. Ne juge pas sans savoir. Ma religion défend le suicide.

Elle me dit alors :

— Soit ! Mais pourquoi donc avoir fui devant les soldats ? Ta religion ne te défendait pas de te livrer à eux.

A ceci je n'avais rien à répondre, et je me tus.

Elle continuait impitoyablement :

— Ne valait-il pas mieux périr au bord de cette fosse immonde que souiller nos corps dans cette fange ?

Je voulus parler, elle me coupa la parole et me dit d'un ton radouci :

— Mon ami, il faut prendre une résolution et se tenir fermement à ce que nous allons décider à l'instant.

— Parle !

— Tout d'abord, plus un mot contre Antoine. Il a fait son devoir. Nous pris, le concierge vivant, c'était la mort. Il te l'a bien expliqué. Accusés d'assassinat sur le capitaine, les conseils de guerre que les Versaillais ont établis déjà, nous auraient condamnés certainement à être fusillés sans rémission.

Je ne pouvais avoir l'ombre d'un doute sur ce point.

Juliette reprit :

— Si Antoine a tué le concierge, comme celui-ci nous hait, comme lui seul pouvait témoigner, comme lui seul pouvait s'acharner contre nous, quand même en sortant d'ici nous serions arrêtés et reconnus, tu n'aurais qu'une condamnation à la prison ou au bannissement.

— Loin de toi !

— Je te suivrai partout...

Elle m'embrassa avec une tendresse passionnée.

— Il faut savoir, reprit-elle, si maintenant tu veux essayer de vivre? Dans ce cas, plus de reproches contre Antoine, plus de plaintes. Cherchons ce coin où il doit nous retrouver. Quand nous serons trop faibles pour marcher, couchons-nous et attendons la mort.

— Soit ! dis-je.

— Est-ce juré ?

— Oui !

— Merci ! dit-elle.

Et elle me sauta au cou.

— Ah ! murmurait-elle, si tu savais comme tu as raison de m'écouter ! Moi, qui ne me trompe jamais, je suis sûr que Michel est vivant et libre.

— Mais, fis-je observer, il sait que nous devons manquer de vivres. S'il vivait, il serait arrivé ici déjà.

— Qui te dit qu'en ce moment il n'est pas à notre recherche. Tu oublies que nous avons quitté l'endroit où nous devions l'attendre. Vite ! en marche.

Elle m'avait redonné du cœur et de l'espérance.

Nous nous éloignâmes de la cuvette, mais nous marchions au hasard, guidés par un seul but : monter toujours.

En effet, nous avions toujours descendu.

Toutefois, des galeries d'en bas de la cuvette, en suivant une marche ascensionnelle, nous ne pouvions manquer de revenir au carrefour barré, puisque tout chemin y aboutissait ; il n'en était plus de même.

Dans l'immense développement des carrières du Trocadéro et de Chaillot, le carrefour barré par la cuvette était un *nœud*, en terme de carrier. Tout d'en

Les volontaires de Nouméa dans les forêts.

haut, dans une certaine section, y descendait; tout d'en bas, dans une autre section, y remontait.

En partant de là, ne connaissant pas le chemin, nous devions nous perdre, et nous nous perdîmes.

Les torches éteintes, j'avais rallumé une bougie ; de nos provisions réduites presque à rien, c'est tout ce que j'avais conservé, ayant jeté les vivres salis par la fange.

Je songe encore avec un dégoût profond que, si je les avais conservés ainsi souillés, deux jours plus tard, je les aurais mangés.

Nous marchions...

Comme ceux qui sentent planer la mort sur eux, nous gardions le silence; nos paroles nous faisaient peur.

Au bout d'une heure, la rage de la première faim au ventre, je m'arrêtai ayant cru remarquer que nous tournions toujours dans les mêmes galeries, le sol montant et redescendant alternativement.

J'en fis la remarque à Juliette.

— Peut-être, me dit-elle, sommes-nous dans le labyrinthe.

— Qu'est-ce donc ?

— Un endroit où il est impossible de se retrouver quand on y est engagé. Michel a failli y rester : c'est son chien Trim qui l'a conduit hors de là, à l'aide du flair, car l'œil vous trompe. Plus tard, Michel a étudié le labyrinthe avec des paquets de cordes qu'il déroulait, puis qu'il repelotonnait; il s'y reconnait bien lui; mais nous, sans chien, nous n'en sortirons pas.

Hélas ! elle avait trop raison.

Nous devions faire plus de cinquante fois le tour du labyrinthe et finir par tomber épuisés et y rester...

Pour être bien certain que nous nous trouvions enfermés dans le labyrinthe, je fis des marques, çà et là, en marchant, aux murs des galeries, sur les saillies de pierres offrant quelque particularité.

Deux fois, trois fois, vingt fois, je passai et repassai devant ces mêmes pierres.

Le doute n'était plus possible.

Aux souffrances de la faim, à la fatigue, se joignirent les aiguillons d'une irritabilité extrême, causée par le sentiment de mon impuissance.

Savoir que ce labyrinthe avait une issue, que nous n'avions peut-être qu'à tourner à droite ou à gauche, sur un certain point, pour sortir de cet inextricable entrecroisement, se dire que le problème avait une solution très simple peut-être, et ne point la trouver, voilà qui me mettait dans un état incroyable de rage nerveuse.

Ceux qui se sont exercés longtemps à défaire les anneaux de ces jeux appelés des *questions* (romaines ou autres), sans y parvenir jamais, ont dû éprouver un agacement assez vif; qu'ils en centuplent la force, et ils auront une idée de ce qui me crispait, au point que je finis par couper une courroie de bidon, dont je m'étais mis à mâcher le cuir machinalement.

Mais la fatigue l'emporta bientôt sur tout et nous dompta.

Nous étions épuisés.

Juliette me vit enfin m'arrêter et m'asseoir, et je l'entendis pousser un soupir de satisfaction; elle prit place un moment à mes côtés et se reposa; je me calmai peu à peu.

Elle le comprit.

— Mon ami, me dit-elle, tu es moins exaspéré, n'est-ce pas?

— Oui, mais aussi désespéré.

— Moi, pas encore.

— Ah! oui, dis-je un peu sceptiquement, mais sans amertume; ah! oui... la double vue!... tu t'imagines que Michel est vivant.

— Il l'est!

Je ne protestai qu'en secouant la tête; elle s'en aperçut.

— Je veux que tu me croies! dit-elle. Je t'ai donné assez de preuves de la justesse de mes pressentiments!...

Je me souvins, en effet, de tant de faits extraordinaires que je lui dis :

— Eh bien, je te crois. Antoine est vivant; mais reviendra-t-il?

— Mon ami, me dit-elle, ceci, je l'ignore; je commence à ne plus l'espérer.

Puis, se levant, elle me dit, me montrant une bougie qui nous restait :

— Notre dernière bougie est encore intacte; nous avons marché, gardant sur nous la fange de cette fosse; ce labyrinthe est rempli de petits bassins et de rigoles; nous pouvons mourir et...

— Et, dis-je, il nous faut faire notre toilette d'agonisants.

Je me levai.

— Viens! dis-je en lui prenant la main. Viens pendant qu'il nous reste quelque force et que la dernière lumière qui frappera nos yeux luit encore.

Nous gagnâmes l'une des flaques les plus rapprochées, et nous y recommençâmes ces ablutions prolongées qui nous avaient déjà délivrés auparavant des souillures de la cuvette.

Comme je l'ai fait observer déjà, à cette profondeur, la température était humide, mais tiède; puis il n'y avait aucun courant d'air.

Le bain calma la fatigue et, chose qui m'étonna, il calma un peu notre faim: nous le prolongeâmes longtemps.

Je ne sais à quoi attribuer ce soulagement, car une baignade donne ordinairement appétit; le fait m'ayant frappé, j'en ai conservé le souvenir et je me suis adressé à des médecins qui m'ont donné des explications aussi différentes que peu satisfaisantes; je me dispense donc de tout commentaire.

Ici, je dois l'avouer, j'ai éprouvé beaucoup d'hésitation avant d'écrire la scène qui va suivre.

Sûr toutefois de la discrétion absolue de mes amis, résolu à taire mon nom quoi qu'il arrive, désireux de tout dire, ne craignant pas de compromettre ma femme puisque nul ne la connaîtra pour l'héroïne de ce drame, je me suis décidé à écrire ces lignes.

Ou je me trompe, ou elles attendriront ceux qui aiment ou qui ont aimé.

Je remarquai que Juliette, qui jusqu'alors avait porté flottants ses magnifiques cheveux, les avait coquettement tordus, noués, et s'en était fait une couronne.

— Tu te demandes, me dit-elle en souriant, pourquoi cette coquetterie ?

Et sans me laisser répondre :

— Pour toi, dit-elle?

Elle me fit asseoir, me saisit les deux mains après avoir pris place à mes côtés, me regarda longtemps avec un sourire doux, presque heureux, étrange même, que je ne lui avais jamais vu, et elle me demanda :

— Jures-tu d'être franc?

— Oh! m'écriai-je, en doutes-tu?

— Tu m'as affirmé autrefois, dit-elle, que tu me trouvais encore belle.

Je voulus parler.

— Laisse-moi tout dire, et surtout ne mens pas ; je me fie à ta loyauté.

Jamais je ne l'avais trouvée si charmante ; elle me parut câline, elle si réservée toujours, et si peu expansive.

— Je t'ai remarqué, choisi, préféré à tout autre, me dit-elle, parce que tu me respectais, parce que tu ne me parlais jamais de ta passion qu'avec une délicatesse dont je t'ai toujours su un gré infini.

Elle me serra la main longtemps et doucement ; sous cette pression, qui me faisait courir un long frisson d'ivresse dans les veines, j'oubliai tout, la faim, la mort imminente, les souterrains et la situation étrange où nous étions.

Elle reprit :

— J'ai une reconnaissance et une amitié infinies pour toi, à cause surtout de cette discrétion qui me prouvait que tu m'élevais haut dans ton estime, et j'en étais fière comme du plus beau triomphe que je pusse envier ; être adorées nous rend heureuses, être respectées nous grandit ; je n'ai pas voulu mourir sans te dire merci et sans te faire comprendre que j'avais su t'apprécier. Depuis le jour où je pris ton bras pour la première fois, le monde commençait à toi et finissait à toi.

Ces paroles me troublaient profondément, et je sentais des larmes mouiller mes yeux.

Elle se tut, rêva, prit ensuite ma tête à deux mains, me donna un baiser au front et dit d'un air singulier :

— Voilà pour le passé, au temps où j'étais belle...

Son front s'inclina sur mon épaule, et je sentis ses pleurs couler.

— Je ne regrette qu'une chose... murmura-t-elle.

— Quoi donc?

— Cette beauté dont tu étais épris.

— Mais je t'ai juré cent fois que je te trouvais toujours la même! Mais tu m'as vu à tes genoux, passant des heures à te contempler comme une madone.

— Oh! si c'était vrai!... si j'étais sûre!...

— T'ai-je jamais menti?

— Tu me revois donc, sous ce masque troué des cicatrices de la petite vérole, comme j'étais avant ma maladie?

— Tout aussi jolie.

— Tu ne cherches pas à me consoler?

Une émotion très vive s'emparait d'elle et grandissait rapidement; elle semblait éprouver une joie indicible.

— Je veux te croire; oui, je le veux, dit-elle.

Puis, regardant la bougie, elle murmura :

— Ce sera plus sûr. Tu te souviendras mieux dans l'ombre.

Elle éteignit la lumière.

— Et maintenant, dit-elle, je ne veux pas que tu meures ainsi; je ne veux pas non plus avoir attendu en vain. Je veux pour nous le bonheur si longtemps différé. Tu es catholique, nous sommes séparés du monde, Dieu seul peut nous unir. Demande au tien de bénir notre union. A genoux.

Tel fut mon mariage, aujourd'hui régulièrement consacré.

XIII

Épuisement complet. — La dernière heure. — Plus de souffrances. — L'hallucination.

Les plus rigides calculs accordent au moins un mois pour la lune de miel; si l'on comptait quand le temps fuit si rapide, quand l'on perd la notion des choses, j'aurais mesuré mon bonheur par minutes.

O courts moments d'ivresse, abrégés par les tourments de la faim, que de fois j'ai évoqué votre charmant, mais fugitif souvenir, sous le ciel de Nouméa!

Nous étions dans une situation qui aurait pu tenter le pinceau d'un peintre; réduits par les plus étranges circonstances à l'état d'Adam et d'Ève, nous aurions pu former un groupe allégorique représentant deux amoureux chassés du paradis de la passion par la faim aux doigts décharnés.

Je dois dire, cependant, qu'entre cette fête du cœur et cette torture de l'estomac, il y eut un lourd sommeil qui dura je ne sais combien de temps.

J'eus des cauchemars épouvantables.

Je voyais des milliards de rats se précipitant sur moi et tombant sur ma poitrine comme une avalanche ; il en descendait des voûtes, il en roulait en cascades le long des murs ; la terre les vomissait comme le cratère projette la lave ; je souffrais d'atroces douleurs dans chaque fibre de mes muscles.

En même temps, je croyais sentir ma tête prise entre les dents d'un étau gigantesque qui la serrait, l'aplatissait et broyait mon crâne lentement, sûrement, avec cette implacabilité de la machine insensible et inconsciente.

Je rêvai aussi que, dans ma gorge entr'ouverte, un fondeur, tenant un immense creuset rempli de métal en fusion, en versait le contenu, qui réduisait mes chairs en poudre fumante.

Mes entrailles se nouaient comme des cordes sous des mains qui fendaient et fouillaient ma poitrine, tordaient et pressaient mon cœur, lacéraient mon estomac et déchiquetaient mon foie.

Je m'éveillai.

Ce rêve, c'était la réalité !

J'ai lu beaucoup de descriptions, depuis, des tourments de la faim ; aucune ne m'a satisfait, et je crois que ceux qui les ont faites n'ont pas idée de ce que c'est que la grande crise, celle qui marque le plus fort de la lutte entre les forces de résistance et l'action désorganisatrice de la fièvre engendrée par le manque de nourriture.

Je ne suis malheureusement pas un écrivain ; je ne puis dépeindre habilement ce que j'ai éprouvé ; mais, je le répète, mon rêve était une réalité, moins le vague et le trouble de la douleur pendant le sommeil ; car, en ouvrant les yeux, je me sentis comme empoigné brutalement par la torture physique, et l'effet fut si pénible que j'essayai de me lever pour fuir, me jeter la tête au mur, demandant au suicide la fin de mes épouvantes.

Il était trop tard.

A peine pouvais-je remuer...

La faiblesse me clouait là, et il me fallait attendre la mort ainsi.

Près de moi, Juliette râlait !

Après le Paradis, c'était l'Enfer du Dante.

Puisque j'ai eu le malheur d'éprouver les angoisses de la faim et le bonheur de n'en point mourir, je veux rectifier en passant une erreur que j'ai tout lieu de croire générale.

On se figure que les tortures de la faim vont augmentant toujours; c'est une idée qui a été accréditée par les romanciers; ils s'imaginent que telle chose doit se passer d'une certaine façon, et ils l'écrivent.

Je dois même dire que j'ai rencontré des médecins qui étaient ignorants de ces particularités.

C'est que les hommes qui ont eu faim comme moi sont rares et n'ont pas souvent l'occasion d'écrire leurs souvenirs.

En réalité, selon les circonstances et les tempéraments, du premier au second, au troisième ou au quatrième jour, les souffrances deviennent de plus en plus intolérables.

J'ai même remarqué que le mal procédait par crises; il y avait des heures de calme relatif entre chaque attaque de la faim.

Je suppose que les crises correspondent aux heures où l'on a l'habitude de prendre ses repas; mais je n'en suis pas certain.

On arrive ainsi à la crise la plus forte; puis on s'affaiblit, et le délire vous prend pour ne plus vous quitter.

Ce délire ne ressemble pas à celui de la fièvre; on n'oublie point son mal; l'esprit n'est point dérangé; on reste logique dans ses raisonnements et dans ses souvenirs, mais on se dédouble en quelque sorte.

On sait que le corps souffre, on le plaint, on est saisi de pitié pour cette partie de soi-même; mais l'esprit semble se dégager de la chair, l'intelligence plane, l'imagination s'élève et monte dans l'infini.

Il me semblait que mon âme — ou du moins ce que l'on appelle l'âme — se fondait dans une immensité lumineuse, ne conservant qu'une personnalité peu distincte, étincelle légère au milieu de l'éther sans fin...

Près de moi flottait dans le fluide une autre âme, celle de Juliette, unie à la mienne comme une flamme à une flamme.

Je ne suis pas matérialiste, je crois à un principe supérieur, et je pense que j'ai eu la vision d'outre-tombe.

Je reste presque persuadé et j'espère que la mort est une transformation; le corps retourne à la poussière, mais l'intelligence s'envole à travers les espaces pour s'y unir aux âmes aimées.

C'était la foi des Gaulois, nos pères; c'est la mienne.

Peu à peu la vision s'éteignit, ou plutôt mon intelligence se mêla et se perdit dans les abîmes insondables du firmament; il ne restait de moi qu'une poussière fine, impalpable, qui se dispersait comme l'écume d'une bulle de savon lorsqu'elle vient de se dissoudre dans l'air.

Combien de temps suis-je resté ainsi, inconscient, anéanti, mort !

Je ne sais. . . . .

. . . .

Je revins à la vie sous la délicieuse impression d'un bien-être qui m'envahissait lentement ; on eût dit une douce chaleur glissant dans mes veines, me ranimant et augmentant peu à peu, pour devenir ardente; je me sentis brûler à l'intérieur.

J'ouvris les yeux et je vis devant moi, comme à travers un brouillard, Antoine à genoux, versant sur mes lèvres, goutte à goutte, le contenu d'un bidon.

C'était du vin.

Le corps a des besoins brutaux et impérieux, qui tuent l'esprit.

Presque mort, j'avais pensé à Juliette; revenant à la vie, je n'eus plus qu'une aspiration, un but, une idée fixe : atteindre un morceau de pain que j'entrevoyais sur une pierre.

Mais je ne pouvais ni parler ni bouger; Antoine m'avait laissé pour s'occuper de sa sœur ; je ne le voyais plus.

Je le maudis.

La faim m'avait ressaisi, aussi terrible, aussi impérieuse.

Le vin produisant son action salutaire, un peu de vigueur me revint ; je vis plus clair et je commençai à entendre.

Mon oreille fut bientôt déchirée par des cris, des gémissements, des protestations ; je reconnus la voix de Juliette.

Elle pleurait et demandait du pain à son frère.

Sa plainte allait à mon cœur et répondait à mon irritation.

Dès que je pus remuer un peu, je tournai la tête du côté de ma femme, et je crus m'apercevoir que son frère lui liait les mains et les pieds.

Dans l'état où je me trouvais, je ne pouvais être sûr de mes sens; mais Antoine, quittant Juliette garrottée, vint à moi avec des courroies de bidon, des ceinturons, des bretelles de fusil.

Je criai à mon tour, indigné, éperdu, mêlant mes protestations furieuses à celles de ma femme qui m'appelait.

Rien n'y fit.

Les mains puissantes d'Antoine m'étreignirent, et je fus réduit à l'impuissance.

Ce qui m'outrait, c'est qu'il ne parlait pas.

Le *Navarin* en route pour Nouméa.

Il me laissa à terre et se mit à se promener de long en large.

Le temps qu'il passa à cette étrange promenade me pèse encore aujourd'hui sur la mémoire comme un des plus grands supplices moraux que l'on puisse endurer.

Plus la notion exacte des faits me revenait, moins je comprenais.

Pourquoi cet abandon ?

Pourquoi ce *ligottage* ?

Était-il fou ?

Je finis par me raccrocher à cette idée, et je me demandai ce que cet insensé allait imaginer contre nous.

Enfin, il prit le morceau de pain que j'enviais tant, versa dessus un peu de vin et approcha quelques miettes de mes lèvres.

Je les avalai avec un sentiment de plaisir incommensurable.

Il aurait mis devant moi un pain de huit livres que je n'en eusse fait qu'une bouchée; j'aurais vidé un baril.

Je compris, malgré mon avidité, que Michel, craignant d'avoir à défendre contre nous les vivres qu'il avait apportés, s'était avisé de nous attacher.

Il vit sans doute que l'intelligence m'était revenue, car il me dit :

— Tâche d'être plus raisonnable que Juliette; si je vous laissais manger, vous seriez sûrs de mourir étouffés par une indigestion.

— Tu peux me détacher, lui dis-je.

— Non, répondit-il.

Je crois qu'il eut raison.

Il retourna vers Juliette, et, lui déliant les mains, il lui donna un morceau de pain gros comme le poing.

Je n'oublierai jamais l'effrayante expression que prit la figure si douce de ma femme quand elle tint ce pain : on eût dit d'une bête fauve prête à dévorer une proie; ses yeux surtout me frappèrent : ils étaient fulgurants.

En moins de rien, elle eut tout dévoré et se mit à crier :

— Encore! encore!

Je ne puis rendre le ton déchirant de ses prières, ou plutôt de ses appels; c'étaient des cris comme l'on n'en entend que dans les maisons d'aliénés.

Antoine ne se laissa point émouvoir, et, recommençant sa promenade, ne se préoccupa plus d'elle.

Je pensai que je devais me montrer patient et j'attendis; mais le besoin l'emporta avant qu'Antoine eût fait trois tours. Je l'interpellai.

— Antoine!

Il me regarda, fronça le sourcil, puis haussa les épaules.

Je me tus, mais pour peu de temps, car je lui dis bientôt :

— Voyons, du pain! J'ai attendu assez! du pain!

Il ne céda pas.

Alors la colère me prit à la gorge, comme la faim à l'estomac, et j'accablai mon beau-frère d'injures, le traitant de bourreau, de lâche, d'assassin...

Il resta impassible, et je l'eusse tué avec une volupté sauvage.

Juliette, tout d'abord, avait joint ses reproches aux miens; sa voix aiguë perçait même au-dessus de la mienne : mais, petit à petit, ma femme se tut; l'estomac, exacerbé d'abord par un peu de nourriture, se calmait et fonctionnait ; la réaction s'opérait et le sommeil venait aussi, causé par l'ivresse, car quelques gouttes de vin suffisent pour alourdir un cerveau vide.

Lorsqu'Antoine m'eut donné un morceau de pain raisonnable trempé de vin, je fus bientôt, moi aussi, terrassé par une torpeur bienfaisante, et je m'assoupis.

Antoine nous avait doublement sauvés, car, s'il nous eût laissés manger, nous en serions morts.

J'aurais volontiers supposé que, me réveillant, j'aurais faim ; il n'en fut rien, ni pour moi, ni pour Juliette.

Je rouvris les yeux le dernier et je la trouvai très faible, comme moi, mais assez forte pour être venue s'asseoir près de moi, sur une pierre ; son frère l'avait soutenue.

Je me soulevai, et Antoine m'aida à me placer sur mon séant.

Je fus assez surpris de voir qu'Antoine était fort occupé à déverser, dans mon bidon vide et lavé à fond, comme il me le dit ensuite, le contenu d'une bouteille qu'il avait apportée avec lui.

Il la tendit à Juliette, qui me la présenta.

L'heure était singulièrement choisie.

Était-ce une plaisanterie ?

XIV

La bouteille vide m'intrigue. — Le sourire de Juliette. — De l'utilité d'une certaine pâte épilatoire. — Une autre tête. — Un bon repas dans les catacombes. — Les mœurs tsiganes. — Le secret d'Antoine. — La cruche cassée. — Le mariage et le verre cassé. — Comment je vais épouser quatre fois la même femme.

Cette bouteille vide et le sourire de Juliette me préoccupaient ; mais je fus distrait par le visage d'Antoine, et je ne pensai pas d'abord à demander à ma femme pourquoi elle paraissait si heureuse d'avoir une bouteille vide à sa disposition.

J'avais reconnu Antoine à la voix, à la carrure dans la demi-lumière, et maintenant que mes yeux ne voyaient plus trouble, maintenant que la lumière éclairait en plein mon beau-frère, je doutais que ce fût lui.

La physionomie était absolument changée.

— C'est singulier ! dis-je en me frottant les yeux.

— Qu'est-ce qui te paraît si singulier ? demanda Juliette.

— Antoine. Est-ce bien lui au moins ?...

Le frère et la sœur se mirent à rire.

— C'est moi, dit Antoine et ce n'est plus moi.

Il regarda sa sœur d'un air joyeux et reprit :

— Le concierge lui-même ne m'a pas reconnu.

— Sans quoi !... fit Juliette qui avait déjà reçu les confidences de son frère pendant que je dormais.

— Sans quoi, continua Antoine, c'est moi qui serais mort.

— Alors tu l'as tué...

Il secoua la tête affirmativement ; puis il me dit :

— Moi non plus, je ne t'aurais point reconnu. Tu as une figure en lame de couteau et la peau sur les os. Tu n'es pas beau, mon cher.

Et de rire encore.

Juliette, dans la crainte de m'offenser, sans doute, dissimula un sourire sous sa main décharnée.

— Toi, dis-je, tu as gagné à cette transformation.

En effet, Antoine ayant coupé sa barbe, son type de Tzigane, très pur, très correct, apparaissait dans toute son élégance et sa noblesse.

Mais il y avait dans sa physionomie quelque chose de hagard que je ne m'expliquais point.

— Tu te demandes ce qui me donne un air si bizarre, n'est-ce pas ? me demanda-t-il. Je vais te le dire.

Me montrant ses cheveux :

— Je les avais longs, frisés et masquant le front et les tempes.

— Je vois. Ils sont coupés ras, dis-je. Mais je n'aurais pas cru...

— Il ne suffisait point de couper, interrompit-il. J'ai dégarni front et tempes à l'aide d'une pâte épilatoire que, nous autres Tziganes, nous connaissons.

— C'est donc cela, murmurai-je.

— Ce n'est pas tout.

Il me montra sa barbe.

— Tu vois, entièrement tombée. Plus de traces.

— Encore la pâte ?

— Toujours.

Puis il reprit :

— Ne trouves-tu pas que je n'ai plus les mêmes yeux ?

— Plus le même regard, au moins.

— Et que leur manque-t-il à mes yeux ? Examine bien.

— Oh ! dis-je, plus de sourcils, ni de cils.

— Tu y es. Voilà surtout ce qui empêche de reconnaître un homme. Nous savons cela, nous autres Bohémiens !

— Et tu as tué le concierge ?

— Nous en reparlerons après le repas, mon cher.

Et, d'un sac qu'il avait apporté, il tira du jambon, du vin et d'autres vivres dont les aromes me pincèrent les narines ; l'appétit me revint tout à coup.

Antoine s'en aperçut.

— Vous êtes encore bien faibles, tous les deux, me dit-il. Ne mangez pas trop. Vous allez encore vouloir dévorer ; mais j'ai vu retirer d'un puits des mineurs, affamés comme vous ; je sais comment on s'y prend pour ne pas faire crever son monde. Le gros péril est passé maintenant ; il n'y a qu'à vous contenter de ce que je vais vous donner raisonnablement, et je vous promets que vous en prendrez tout à votre aise au repas suivant.

Il nous mesura les portions, mais il fut assez généreux sur le vin, ce qui entraîna encore un sommeil immédiat, profond et, cette fois, complètement réparateur ; car, quand je m'éveillai, je me sentis tout gaillard.

— Ah ! dit Antoine, te voilà debout ! Très bien.

Mais je n'étais guère solide et me tenais au mur.

Juliette dormait encore, et, près d'elle, était la bouteille vide.

A son tour, elle ouvrit les yeux et se leva, beaucoup mieux remise que moi, cependant.

Elle m'embrassa.

Mais elle se retourna vivement, vit la bouteille à terre, et dit d'un air joyeux :

— Ah ! la voilà !

Décidément, j'étais intrigué.

Puis nous avions si longtemps et si bien dormi que nous avions faim, encore faim, toujours faim.

Cette fois, Antoine fut prodigue, et j'avais si bon appétit que je me dispensais de questionner ; mais, quand je fus rassasié, je demandai à Juliette :

— Qu'est-ce donc que cette bouteille vide à laquelle tu parais tant tenir, et que tu regardes de temps en temps du coin de l'œil ?

Elle sourit, rougit, baissa les yeux et ne répondit point.

Antoine me dit avec un soupir, lui qui soupirait rarement :

— Je donnerais bien une pinte de sang pour avoir le droit de prendre comme toi une bouteille vide et de la lancer contre le mur.

— Quelle idée ? Pourquoi casser cette bouteille ?

— C'est la cérémonie.

— Quelle cérémonie?

— Ton mariage.

— Mais...

J'étais absolument déconcerté.

Juliette tenait la tête baissée et semblait embarrassée.

Antoine me parut redevenir sombre et son front se plissa.

J'avais cru à une plaisanterie, et c'était chose sérieuse.

Juliette, qui s'était levée et qui avait ramassé la bouteille, la tenait avec un air embarrassé, mais charmant; elle me rappelait tout à fait *la Jeune fille à la cruche cassée*, de Greuze.

Je songeai à la signification du tableau et je souris.

Antoine ayant parlé de briser la bouteille au mur, d'autre part me souvenant de la jolie légende de la cruche cassée, voyant l'attitude gênée de Juliette, je supposai qu'il s'agissait de quelque chose comme un engagement de promis à promise... compromise en vertu de quelque tradition villageoise.

— Mais pourquoi diable, me demandai-je, Juliette aurait-elle fait des confidences à son frère sur ce qui s'est passé?

La mine renfrognée d'Antoine me faisait supposer qu'il en était fâché.

Point.

— Vous vous êtes mariés à genoux, attestant ton Dieu catholique, me dit-il d'un ton très calme; je n'y vois rien à redire. Chacun engage sa foi comme il veut et comme il peut. Mais Juliette, puisque c'est possible maintenant, désire se marier à la mode gitane.

J'ignorais tout de cette façon de s'unir.

Du regard, j'interrogeai Antoine.

Il désigna du geste la bouteille vide et Juliette.

— Malgré tout, me dit-il, nous sommes restés Tziganes; tu épouseras ma sœur, comme mon père a épousé ma mère. Ce n'est point parce que nous sommes bannis de notre tribu de père en fils depuis trois générations, qu'il nous faut abandonner les bonnes coutumes.

— Votre famille est bannie?

— Oui. Notre aïeul a dû quitter les voitures et les tentes de la famille, se marier à une chrétienne et vivre comme un ouvrier parisien, léguant son châtiment à ses enfants; car, chez nous, les fils héritent du crime du père.

— Il y a eu crime!

— Oui! fit-il sourdement, un grand crime. Mais il y avait eu injustice.

Puis il ajouta, baissant la voix :

— Tu es bien heureux, toi! tu vas épouser une Tzigane. Moi...

— Toi?... demandai-je.

— Aucune, fit-il, ne voudrait de moi, et je ne puis aimer qu'une femme de ma race; mon cœur est fermé à toute autre tendresse.

Je commençais à comprendre la cause de la tristesse d'Antoine.

Juliette lui serra doucement la main et lui dit :

— Espère!

— Oh! dit-il, la vie se passe, les jours s'écoulent et le pardon ne viendra peut-être jamais.

Puis à moi :

— Tu ne sais pas encore, me dit-il rudement, ce que c'est qu'une femme tzigane comparée à une Parisienne.

Il me montra Juliette :

— Au lieu, dit-il, d'un petit être tyrannique, capricieux, coquet, ne pensant qu'à soi, jamais au mari, tu vas avoir un être à toi, qui ne vivra que pour toi; ne pensera qu'à toi, qui, sur un signe, mourrait pour toi, et qui te donnera des enfants... plus beaux que toi : des hommes comme moi.

Il se frappa fièrement la poitrine.

— Michel, murmura Juliette d'un ton de reproche.

— Oh! dit-il, je ne lui fais pas un crime d'être ce qu'il est. Un chrétien, élevé comme il l'a été, ne peut pas nous ressembler. Du reste, je l'aime comme un frère.

Il me tendit la main.

— Moi aussi, fit-il, j'ai du sang français dans les veines par ma mère; c'est ce qui fait que je me sens de la sympathie pour toi. Mais c'est aussi à cause de cette mésalliance que nos filles me méprisent.

— Portes-tu donc cela écrit sur ta figure? demandai-je.

— Oh! dit-il, tu ne sais point ce que c'est que la race!

Il regarda Juliette d'un air d'entente, et reprit :

— Nous autres, vois-tu, nous tenons à la pureté de notre sang, comme les chasseurs et les sportsmen tiennent à celle de leurs chiens et de leurs chevaux.

— Compares-tu des hommes à des bêtes? demandai-je.

— Oui! absolument! Et de même qu'un chasseur reconnait infailliblement un chien pur, de même qu'il chasse du chenil tout chien qui n'est pas parfait de lignes et de poil, de même nos tribus reconnaissent un Tzigane bâtardé; de même leurs filles le méprisent et le repoussent.

— C'est stupide! ne pus-je m'empêcher de m'écrier.

— Non ! dit-il, bon chien chasse de race ; un chien d'arrêt ne fera jamais qu'un chien d'arrêt, un chien courant qu'un chien courant. Pour faire un Tzigane, il faut naître de Tziganes. Un des nôtres seul peut, au milieu de vos villes et de vos campagnes, se résigner à vivre la vie nomade, pauvre et persécutée que nous menons. Moi-même, je ne m'y plierais pas.

— Mais cette existence misérable, pourquoi ne pas y renoncer ?

— Parce que ce peuple tzigane attend son heure et doit être prêt, pur de tout mélange, intact, quand cette heure sonnera ; il a une grande mission à remplir, un grand rôle à jouer.

— Lequel ?

— C'est le secret des tribus.

Je compris que ces peuplades, dont les mœurs sont si étranges, restaient ainsi inaltérables et errantes, en raison d'une foi singulière dans un avenir prédit.

Peut-être, comme les Juifs originaires aussi d'Orient, attendent-elles un Messie, en vue d'une conquête ?

Je n'avais pas à discuter.

— Dites-moi en quoi consiste la cérémonie, et je suis prêt ! déclarai-je à ma femme et à son frère.

— Il n'y a qu'une chose à faire ! dit Juliette.

Elle me tendit la bouteille vide et me dit d'un petit ton délibéré :

— Tu n'as qu'à jeter cette bouteille contre la muraille après avoir déclaré devant mon frère que tu me prends pour femme ; Michel est maintenant chef de famille.

Je jurai solennellement que je prenais Juliette pour épouse.

Antoine m'écouta gravement et me dit simplement :

— Je consens !

Il unit nos deux mains.

— Maintenant, reprit-il, au hasard de décider pour combien d'années vous êtes mariés l'un à l'autre.

— Comment ! au hasard ?

— Oui ! dit-il. Tu vas lancer la bouteille contre ce mur.

— Et après ?

— Autant de morceaux, autant d'années d'union.

— Mais si elle ne se brisait point, par malheur ?

— Vous ne seriez pas mariés, du moins selon nos idées.

— Et si elle ne se cassait qu'en deux ou trois fragments ?

— Deux ou trois ans.

La révolte au bagne.

— Alors, dis-je, je vais y mettre toutes mes forces.

— Oh! oui, je t'en prie! conjura Juliette en joignant les mains.

Je fis tournoyer la bouteille. Juliette ferma les yeux; après avoir imprimé un très vif mouvement de rotation à mon bras, je lâchai le projectile, qui se heurta avec violence contre la voûte.

Au bruit, Juliette jugea qu'il y avait un très grand nombre d'éclats, car elle poussa un cri de joie.

Antoine lui tendit la bougie.

— Viens, me dit-elle, viens! Nous allons les compter.

Elle courut, au risque de se blesser, et ramassa les débris en tas d'abord, ravie, ne se possédant pas.

Puis elle vit bien qu'il y avait plus de morceaux que d'années d'existence possible, et, pleurant de bonheur, elle mit un genou à terre et baisa mes deux mains.

C'était la marque de soumission de la Tzigane à son mari.

Cette humiliation était loin d'être dans mes idées.

Je relevai Juliette, et elle tomba dans mes bras.

Je devais encore me remarier deux fois; en comptant bien, cela devait faire quatre avec la même femme.

Je dirai plus tard comment je fus, en quelque sorte, obligé par les différentes situations où je me trouvais d'épouser la même femme quatre fois.

Mais d'ores et déjà je puis constater que, selon les temps, les lieux, les circonstances, les mœurs et les lois, la cérémonie du mariage varie de la plus étrange façon.

Au fond, j'en suis arrivé sur ce sujet à une conclusion; le mariage, selon moi, n'est qu'un contrat entre un homme et une femme, entouré de certaines garanties civiles ou religieuses; encore faut-il remarquer que mon premier mariage, conclu sans témoins, dans les circonstances que j'ai rapportées, engageait tout autant ma foi d'honnête homme que tous ceux que j'ai contractés depuis.

Je vais plus loin.

Quoique l'on puisse en penser de prime abord, il me liait plus.

J'étais lié à jamais, par mon serment, vis-à-vis de Juliette,

De ce serment, elle seule pouvait me relever.

Or, si je prends le mariage religieux, je constate que la loi théologique protestante, juive ou musulmane, admet le divorce et permet de briser l'union pour de certains motifs.

La loi de la religion catholique a permis autrefois le divorce, et aujourd'hui elle trouve des cas de nullité.

Un congrès de cardinaux vient de casser le mariage du prince de Monaco.

Enfin, la loi civile de presque tous les peuples admet ou le divorce ou la séparation de corps.

Mon premier mariage, absolu dans son principe et dans ses conséquences, me mariait bien plus complètement; je dirai plus : il nous soude encore aujourd'hui, il nous unit indissolublement, ma femme et moi.

Je suis sûr que c'est celui-là que Juliette invoquerait si je lui donnais quelque sujet de plainte.

En somme, on peut voter, à la Chambre des députés et au Sénat, l'excellente loi sur le divorce dont M. Naquet est l'infatigable apôtre, je ne saurais en profiter en raison de mon premier mariage, le seul, le vrai, celui qui m'engage.

Je sens bien que m'étant uni à Juliette, loin du monde, dans ces souterrains, la mort suspendue sur nos têtes, j'ai conclu une union plus sacrée qu'aucune autre, que rien ne m'autorise à rompre.

Mariée quatre fois, Juliette est bien mieux mariée par le premier mariage que par tous les autres.

Si elle évoquait la loi des Tziganes, elle aurait tort ; cette loi, ces coutumes auxquelles elle tenait tant, ne sont pas plus sûres pour la femme, mais elles sont certainement des plus étranges, comme je l'appris depuis, quand je connus à fond, d'après M. Tissot et d'autres auteurs, les usages des tribus bohêmes. Chez celles-ci, la loi suprême est la volonté du chef de tribu, mitigée par l'influence de sa femme et de sa mère.

Chose étrange ! ces vagabonds ont à un suprême degré l'esprit de famille ; la puissance paternelle ne s'étend pas, chez eux, seulement sur les enfants, mais encore sur les petits-enfants et les enfants des parents décédés. Nul ne peut quitter la tribu ou se marier sans l'autorisation de son père ; lui seul indique la route à suivre, lui seul marque les étapes, distribue le travail et encaisse les recettes. Mais le chef de la famille n'entreprend jamais rien sans consulter préalablement sa femme et sa vieille mère dont les avis sont des oracles. Si, chez les Tziganes, le mariage est plein de facilité, car il est permis au frère d'épouser sa sœur, le divorce est plus facile encore.

Les Bohémiens ont conservé la coutume de leur pays d'origine, de marier leurs enfants à un âge où les demoiselles, chez nous, jouent encore au cerceau. Il n'est pas rare qu'une fille se marie à douze ans.

J'ai dit combien Juliette était belle et charmante ; je ne veux pas que le lecteur m'en croie sur parole ; mais il ajoutera foi à ce que l'auteur du *Voyage au pays des Tziganes* dit des femmes de leurs tribus :

« Bien plantées sur leurs hanches, vigoureuses, solides, ce sont des plantes de chair superbes, des fleurs de mâle beauté, écloses en plein soleil. Leur taille, flexible, élancée, a des souplesses onduleuses et félines ; dans leurs gestes, il y a une majesté de prophétesse, et le regard fascinateur du serpent brille au fond de leurs larges yeux orientaux, tout chargés de passion endormie. »

Comme j'appartiens maintenant, dans une certaine mesure, à une famille tzigane, je tiens à protester contre le préjugé qui pèse sur les clans que l'on voit errant en France.

Il n'ont pas de mauvais instincts et ne sont pas voleurs, comme l'imaginent les paysans du Nord qui les connaissent peu ; ils vivent, dans leur pays d'élection, du commerce des chevaux, de leur état de chaudronnier, car ils sont d'excellents travailleurs métallurgiques, et de l'étonnante lucidité prophétique de leurs femmes, dont la réputation, sous ce rapport, est inattaquable.

Elles ont fait et font leurs preuves tous les jours.

On n'imagine pas combien de riches aubaines tombent dans ces mains de prophétesses qui, éclairant un passé inconnu d'elles, inspirent une confiance illimitée et annoncent sûrement l'avenir.

Dans nos pays du Nord, nous ne voyons les Bohémiens qu'à l'état de migration, faisant un voyage et supportant des privations ; la misère les pousse à marauder quelquefois.

De là les méfiances du paysan.

Mais le fond du caractère tzigane est une probité inaltérable.

Le témoignage qu'en portent les auteurs qui se sont occupés d'eux, notamment M. Tissot, ne laisse pas de doute à cet égard.

C'est en Hongrie, par exemple, qu'il faut venir étudier ce peuple tzigane, si digne d'intérêt et de pitié. On ne tarde pas à reconnaître qu'il a des qualités qui font souvent défaut aux races qui se disent supérieures. Les Bohémiens sont accessibles à tous les sentiments généreux, et ceux d'entre eux qui se trouvent au service d'un maître sont d'une fidélité à toute épreuve. Il y en a, en Hongrie, dans chaque château ; ils sont chargés de faire les courses et les commissions ; souvent on leur confie des sommes d'argent considérables, et jamais encore il n'est venu à l'idée d'aucun d'eux de franchir la frontière.

Antoine avait eu raison de me dire qu'il n'était pas plus de la race primitive que ma femme.

Moi-même, aujourd'hui, je reconnais un Tzigane (Tsaka-Tshopés-Reavaron) c'est-à-dire un homme de sang pur d'avec tout autre.

J'aurai à revenir plus tard sur les mœurs étranges de ces singuliers nomades qui échappent à nos lois, et dont notre société ne s'occupe même pas ; je crois que le lecteur s'intéressera à mes révélations.

Je reviens à mon mariage.

Lorsque la bouteille fut cassée, comme je l'ai dit, Juliette me prit par la main, et nous revînmes nous agenouiller devant Antoine qui, on le sait, était devenu un chef de famille.

Il nous versa sur la tête, avec beaucoup de gravité, quelques gouttes de vin, but ensuite à notre bonheur et nous tendit le bidon pour boire à notre tour.

Puis, ce qui me parut étrange, il se mit à chanter d'une voix pure, mélodieuse et puissante, la chanson des fiançailles.

Jamais les échos de ces sombres souterrains n'ont retenti de pareils accents.

Juliette, dont la voix est splendide, répondait à son frère; seul, je restai muet, mais ravi.

Voici le refrain de cette chanson tzigane :

Kim kelon po schlakrber
Szido, badjo dà scheker
Seli rascha da fereeste
Tcheljel men ketche neweiste.
Sprintschenete me'l eli
Thegel (mon) deschistko me redi :

Qu'elle est belle avec ses jambes légères! — Elle danse maintenant là-bas sur la pierre polie; — Vraiment, c'est une enchanteresse! — Ses yeux sont noirs, elle est faite comme peu de femmes au monde. — Elle m'a pris mon cœur et mon repos.

Lorsque les chants furent terminés, Antoine, qui tenait absolument aux usages, pria Juliette de danser.

Je m'attendris encore en songeant à cette pauvre noce de proscrits réduits à se cacher.

Antoine avait allumé cinq ou six bougies; il dit à Juliette :

— Va! tu es sa femme! Tu dois charmer ses yeux. Ma mère t'a enseigné les danses de nos tribus; montre-lui que nos filles sont des almées.

Et Juliette, pendant que son frère chantait, se mit à danser.

Non, jamais, je ne vis rien de si charmant et de si touchant que cette fête du regard; la pauvre enfant suppléait aux splendeurs du soleil, aux merveilles pittoresques de la nature en fête qui sert de cadre aux fêtes tziganes, par la grâce incomparable de ses mouvements, l'élégance de ses gestes et la tendresse de ses regards, lorsque la brutale cadence des pas d'un détachement de soldats vint dissiper mon ravissement.

Encore une fois, nous étions recherchés et poursuivis.

XV

Encore une chasse. — La meute. — Les ruses d'Antoine. — Le trou aux squelettes. — Une légende sinistre.

Antoine, en entendant le bruit, me regarda souriant.

Les soldats ne lui causaient aucune inquiétude.

— Ah! me dit-il, ce ne sera pas comme avec toi. Je les mènerai loin, s'ils veulent me suivre partout.

Et d'un air narquois :

— Ils se mettront dans la moutarde, si ça leur fait plaisir; mais moi, je ne vous y mettrai pas.

Il ramassait tous les objets épars et les mettait dans le grand sac à l'aide duquel il les avait apportés; il ne souffla point la bougie.

— Porte-la, me dit-il; marchons bon pas, sans courir.

J'avoue que la nouvelle visite des soldats me contrariait.

Était-ce de la peur? non; avec Antoine, je n'avais pas peur.

Nous prendre, guidés que nous étions par lui, me paraissait du moins difficile, pour ne pas dire impossible.

Mais on ne se marie pas tous les jours, quoique je me sois marié quatre fois avec la même femme; il m'était pénible d'être dérangé en ce moment.

Puis cette fantaisie, charmante du reste, de Juliette, voulant être épousée à la mode tzigane, m'avait empêché de savoir bien des choses sur lesquelles j'aurais désiré être édifié.

Ainsi, j'aurais voulu demander à Antoine comment il avait réussi à tuer le concierge.

Puis il me paraissait intéressant d'apprendre comment il avait réussi à rentrer dans les catacombes.

Le lecteur sait comment il en était sorti; moi, en ce moment-là, je l'ignorais.

Ce n'était pas l'heure de parler, mais d'agir.

— Presse! presse! disait Antoine. Mais sans courir.

Et je poussais pied sur pied, allongeant le pas.

Antoine était toujours impassible; il se souciait fort peu des troupiers; entre ceux-ci et nous, toutefois, la distance ne diminuait pas.

Cette particularité finit par paraître singulière à notre guide, car lui, si peu parleur d'habitude, en fit la réflexion et me dit :

— C'est drôle! Les *lignards* ont l'air de suivre notre piste à coup sûr, et ils vont grand train.

— Ils ont peut-être de meilleurs guides que la première fois, dis-je avec une certaine inquiétude.

— Des guides! des guides, fit Antoine, secouant la tête. Ça n'explique pas la sûreté de cette poursuite.

— Cependant...

— Est-ce que les guides savent quel chemin nous prenons?

La réflexion me parut judicieuse.

— Essayons de plusieurs crochets, dit Antoine.

Et il se mit à faire détour sur détour.

Les soldats, à en juger par le pas, que nous entendions très distinctement, firent les mêmes détours.

— C'est extraordinaire ! murmura Antoine très étonné.

— Mais, lui dis-je, comment expliques-tu cela, toi?

— Nous ne laissons pourtant point trace de nos pas, dit-il. Nous marchons sur la pierre.

Nous filâmes tout droit.

Bientôt Antoine me dit :

— Entends-tu?

— Ils ont pris le pas gymnastique ! dis-je.

— Ils courent ! murmura Juliette, courons aussi.

Et nous voulions nous lancer, quand Antoine nous arrêta.

— Pas si vite ! dit-il de sa voix rude. Halte !

Avec lui, il n'y avait qu'à obéir. C'est ce que nous fîmes.

— Savez-vous, nous dit-il, ce qu'il y a?... Ils vont à coup sûr, n'est-ce pas? Eh bien ! c'est parce qu'ils sont conduits par des chiens.

Je pâlis.

— Alors, dis-je, nous sommes perdus cette fois.

Antoine haussa les épaules.

En vrai Tzigane, il avait tous les instincts, toutes les ruses de l'homme primitif.

— Ah! dit-il, ils ont des chiens? Dépistons-les.

Et il nous montra des rigoles pleines d'eau, coulant le long des murs.

— Marchez dedans ! commanda-t-il. Ne nous pressons plus.

Et nous repartîmes les pieds dans l'eau, longeant les murs.

— Vous allez voir ! nous dit Antoine. Les chiens vont être *embêtés*, et les troupiers aussi ; plus de piste.

En effet, au bout d'un certain temps, Antoine me dit :

— Plus de bruit !

— Ils sont arrêtés ! dis-je.

— Oh ! tant mieux ! s'écria Juliette.

Antoine eut un sourire de triomphe et se mit à dire :

— Si j'étais seul ici, pas un de ces lignards ne remonterait là-haut. Je les conduirais aux rats et je les enfermerais par un éboulement, dans un cul-de-sac que je connais. Ils seraient dévorés tout vifs.

Ses yeux étincelaient.

— Mais, reprit-il, avec vous autres, il vaut mieux se mettre en sûreté tout de suite et ne pas chercher à se venger; il y a des risques à courir.

Moi, je fus très heureux de la résolution de mon beau-frère ; d'abord parce que je désirais qu'il nous abritât tout de suite, si c'était possible ; puis parce que, je l'ai dit, les soldats ne m'inspiraient aucune haine.

Je les avais vus féroces, surexcités, ivres peut-être, faire office de massacreurs ; mais je savais ce que peuvent l'entraînement, les calomnies répandues contre l'adversaire, les exhortations des chefs.

En général, le soldat français n'est pas cruel.

Mais on lui avait menti.

On avait dit que les communards torturaient les troupiers tombés entre leurs mains ; on avait raconté des monstruosités pour les rendre impitoyables.

C'était la même tactique qu'en juin 1848.

On se souvient qu'alors les journaux réactionnaires avaient imaginé d'écrire que les insurgés sciaient entre deux planches les mobiles tombés en leur pouvoir.

On renouvela, en 1871, les mêmes mensonges.

On disait que les communards avaient empoisonné le pain et le vin qu'ils laissaient derrière eux.

On affirmait qu'ils avaient fait rôtir deux fantassins et un sergent avec le bois de la guillotine.

La troupe en était outrée.

Je me rendais compte de tout cela.

Je connaissais le tempérament de nos lignards ; je ne leur en voulais pas, et je n'aurais voulu en tuer qu'à mon corps défendant.

Antoine, lui, était tout autre.

Toutefois, je l'ai dit, il faisait taire sa haine pour ne songer qu'à notre salut qui lui paraissait assuré.

En effet, pendant que les chiens, dépistés, pleuraient comme ils en ont coutume, en *quêtant* la trace perdue, nous arrivions à un certain endroit des galeries, où Antoine nous fit faire halte en disant :

— C'est ici !

Puis il nous dit, montrant la voûte, à l'endroit où elle baissait sur le mur de gauche, haut de deux mètres environ :

— Voyez-vous ?

— Quoi ? demandai-je.

— Le trou ?

Mlle de Verligny, déguisée en homme, est recueillie par une paysanne après la Commune.

Malgré la bougie, je ne distinguai pas bien.

Il me prit la lumière des mains, l'éleva, et j'aperçus, en effet, une ouverture noire et béante, large de deux pieds environ; mais je serais passé là vingt fois sans me douter que cette dégradation à la voûte était profonde et pouvait nous sauver.

On eût cru, si on l'eût observée, que quelques fragments, émiettés par l'humidité, s'étaient effrités et avaient jonché le sol.

Antoine me dit : — Nous allons monter là-dedans !

Je le regardai.

— Il y a impossibilité d'arriver là-haut sans échelle ! dis-je.

Lui, peu embarrassé, prit Juliette comme il eût fait d'une gamine de six ans ; il la porta, bras tendus en l'air, jusqu'à l'ouverture.

— Cramponne-toi ! dit-il.

— J'y suis ! fit-elle, se retenant aux aspérités.

Il la poussa vigoureusement par les pieds, et Juliette disparut dans le trou qui, je le reconnus, était plus profond que je ne l'avais supposé.

Antoine lui dit alors :

— Penche-toi !

Je vis bientôt la tête de ma femme apparaître.

Antoine me prenait la bougie des mains et, la fourrant dans le canon de son fusil, la tendait à Juliette en lui commandant :

— Prends-la.

Ce qu'elle fit.

Alors il lui ordonna encore :

— Recule-toi.

L'ouverture du trou étant démasquée, Antoine y lança son sac à provisions, qui arriva à bon port.

— Toi, me dit-il alors, au mur ! Tiens-toi ferme.

Il m'adossait à la paroi.

— Croise tes mains ! commanda-t-il. Là ! résiste.

Il mit un pied sur mes mains croisées, un autre sur mon épaule, se dressa, atteignit le trou et s'y engouffra à son tour.

Puis, se plaçant à plat ventre, il me tendit son fusil.

— Serre bien les mains à la crosse, me dit-il ; aide-toi de tes pieds le long du mur. Grimpe.

Il me hissa. Nous étions en sûreté, pour le moment du moins.

Je pus jeter un rapide coup d'œil autour de nous, et je vis que nous étions logés en quelque sorte dans ce que les carriers appellent une chambre ; c'était une excavation très vaste.

Je crus entrevoir des squelettes dans le fond ; mais Antoine éteignit la bougie, et je ne vis plus rien.

Les soldats arrivaient enfin ; j'avoue que j'eus le cœur serré en les entendant ; si, par hasard, la voûte étant éclairée par leurs torches, l'un d'eux levait le nez en l'air et voyait l'ouverture !

. . . .

Comme nous avions filé tout droit depuis le moment où nous avions noyé nos pas dans l'une des rigoles, les soldats, marchant droit aussi, finirent par passer devant le trou.

Les chiens allaient et venaient autour d'eux, devant ou derrière.

Je les entendais.

L'un d'eux, plus fin limier que les autres, leva le nez en l'air et nous éventa certainement, car il donna de la voix.

Je poussai mon beau-frère du coude ; j'eus tort, car il tenait son chassepot en mains, le doigt à la détente ; je faillis causer un malheur.

— Tiens-toi donc ! me dit-il à l'oreille. Tu as failli faire partir le coup.

C'eût été un malheur, en effet, car l'inexpérience des soldats et des guides, en matière de vénerie, nous sauva.

Le chien s'était dressé le long du mur et il pleurait, grattant des parois avec ses griffes ; les autres l'imitèrent.

J'avais une sueur froide aux tempes, et j'aurais volontiers étranglé cet animal trop intelligent qui nous dénonçait si bien.

A mon tour, je pris mon fusil et me tins prêt.

A mon corps défendant, toute pitié pour les soldats cessait.

Mais j'entendis des tayau ! tayau ! cris de douleur de chiens battus ; une voix rude dit d'un ton furieux :

— Encore cette sale bête qui égare les autres chiens sur quelque trou à rats ; mets donc le nez à terre, imbécile ; c'est là que tu trouveras la piste.

Une autre voix dit :

— Décidément, les chiens sont comme les hommes ; il y en a qui sont intelligents et d'autres qui sont idiots. Cet imbécile de *Black* (c'était le nom du chien) lève toujours le museau, comme si les communards marchaient comme des mouches, les pattes au plafond, la tête en bas.

Et les soldats de rire.

Et moi de soupirer, soulagé d'un grand poids, car les pas allèrent s'éloignant de plus en plus.

Antoine, qui n'aimait pas l'armée, me dit avec colère :

— Sont-ils bêtes, *les* soldats ! Ils n'ont pas compris que le chien avait raison. Décidément le métier militaire abrutit.

Je ne tenais pas à discuter avec lui sur ce sujet, et, pour détourner la conversation, je lui posai une question :

— Si nous avions été découverts ?

— Nous nous serions défendus !

— Et si nous n'avions pas été les plus forts ? Est-ce qu'il y a une sortie autre que cette ouverture ?

— La preuve que non, ce sont les squelettes que voilà.

Je pris la bougie et j'allai examiner les ossements.

Je comptai une douzaine de crânes environ.

— Qu'est-ce que cela? demandai-je à Antoine. Pourquoi des débris humains ici? Le sais-tu? On dirait que tu connais l'histoire de ces morts.

— Oui! dit-il. Du moins il est probable que ce que les vieux de Chaillot m'en ont raconté est vrai; tous sont d'accord sur la légende des faux-monnayeurs.

— Ah! l'on croit que c'étaient des faux-monayeurs? Sur quoi se base-t-on?

— Tu as connu le vieux bonhomme Simonnet, le doyen des menuisiers de l'usine Cail; aussi le vieux Recollins; puis la mère Lahoche, tous trois presque centenaires: eh bien! tous trois m'ont raconté la même chose quand je leur ai parlé de ces squelettes.

— Ils t'ont dit...

— Ils m'ont dit que, sous le premier empire, il y avait eu déjà des maisons effondrées et que l'on savait bien que les catacombes existaient, puisque c'est pour cela que l'empereur ne fit point achever le palais de son fils, le roi de Rome, commencé au Trocadéro.

« Or, il y eut, à un moment, une émission de fausse monnaie telle que le gouvernement s'en alarma; enfin, une femme des faux-monnayeurs fit des révélations, et apprit à la police que les ateliers se trouvaient dans les souterrains de Chaillot.

« La police prit ses mesures et fit une descente.

« Fouché, un préfet très fin et très habile, avait pris de si bonnes mesures, que les agents et les gendarmes finirent par trouver cette chambre, et dedans les faux-monnayeurs.

« Comme il y allait de l'échafaud, ceux-ci préférèrent mourir en combattant, ils soutinrent un siège.

« Pendant plusieurs jours et plusieurs nuits, les habitants de Chaillot entendirent la fusillade sous terre.

« Enfin, il paraît que, pour en finir, on enfuma les faux-monnayeurs. Voilà la légende.

« Mais comme l'on ne voulait pas alarmer le public en racontant la chose, car on aurait su que Chaillot était bâti sur des catacombes, ordre fut donné à la presse de se taire. En 1861 seulement, des accidents divers remirent sur le tapis cette question des souterrains (1). »

(1) Lire, au sujet de ces catacombes de la rive droite, l'excellent livre du comte Rollet de Vieux-Pont. Cadot, éditeur.

— Mais, dis-je, nous étions perdus comme ces malheureux si nous avions été découverts. La lutte était impossible.

Antoine me répondit en frappant sur sa giberne :

— J'avais là de quoi faire une mine qui nous aurait tués ou qui nous aurait ouvert une porte de salut.

Puis il reprit :

— Maintenant je suis tranquille et persuadé que les soldats ne reviendront plus ; ils ont fait avec les chiens une tentative inutile, et ils ne peuvent avoir espoir maintenant de rien trouver.

— Je l'espère, dis-je.

— Nous allons encore passer ici quarante-huit heures.

— Et puis...

— Le combat des rues est fini ; on ne fouille plus guère.

— Alors tu conclus que nous allons pouvoir sortir?

— Oui, dans quarante-huit heures. Mais il me faudra aller vous acheter des vêtements. Vous ne pouvez vous hasarder ainsi dehors.

— Encore t'éloigner !

— Il le faut bien. Seulement, cette fois, ce sera très facile et point dangereux. Les rues sont vides de soldats par ici ; la surveillance s'est très relâchée ; la nuit, je ne risquerai rien à sortir, en soulevant une plaque d'égout.

— Crois bien, reprit Antoine, que cette fois vous n'aurez pas à craindre les mêmes dangers ; voici pourquoi :

« Je vais vous faire venir, à ma suite, auprès d'une communication établie entre les catacombes et les vieux égouts ; ceux-ci sont eux-mêmes en communication avec les neufs. Donc, rien de plus facile que d'arriver à une de ces échelles de fer qui aboutissent à une plaque.

« Vous viendrez d'abord avec moi, vous verrez, comment je m'y prends pour soulever la plaque avec mon canon de fusil, faisant levier.

« Quand je serai sorti, vous retournerez par la communication dans les catacombes ; car il faut craindre les rondes de service dans les égouts, et mieux vaut n'y pas séjourner.

« Vous serez tranquilles sur mon compte : car, si j'étais pris en sortant, je crierais pour vous en avertir.

« Ne criant pas, vous concluez que tout va bien, et vous m'attendez. »

— Mais, si tu es pris?

— Vous attendez encore, et vous cherchez une autre plaque d'égout pour sortir ; vous tâchez de vous tirer d'affaire ; mais, du moins, si vous êtes arrêtés avant d'avoir pu changer de vêtements et vous abriter chez des amis, vous ne serez pas fusillés.

Puis Antoine nous expliqua comment il était facile de graver des signes sur les pierres pour indiquer le chemin de la communication à la plaque de sortie.

Décidément, je commençai à voir l'avenir sous un jour meilleur, et j'espérai sortir sain et sauf de ces catacombes.

Mais tout à coup je pensai à un péril que nous avons couru déjà et dont le souvenir me donnait le frisson.

— Et les rats? demandai-je.

— Les rats, dit-il, tu le sais, ne sont pas à craindre dans les hauts. Or, nous y restons. Par conséquent, point de rats.

Puis, terminant l'entretien sur ce sujet, Antoine me dit :

— Tu dois avoir faim!

— Oh! oui, dis-je.

Je n'étais pas encore rassasié.

— Eh bien, dit-il, commande à ta femme de nous servir.

Je remarquai que, depuis notre mariage, il n'ordonnait plus rien à Juliette, affectant de la considérer comme un bien m'appartenant absolument.

XVI

Un récit. — Ce qu'Antoine avait vu. — Les fusillades. — Son concierge. — Un crime, un meurtre ou une bonne action? — Départ.

Juliette nous prépara le couvert, si l'on peut toutefois se servir de cette expression quand le couvert n'est représenté que par les couteaux de poche.

Nous nous mîmes à table... sans table bien entendu.

Notre faim calmée, je dis à Antoine :

— Maintenant, tu vas satisfaire notre curiosité, n'est-ce pas?

— Oui, demanda Juliette; raconte-nous ton voyage et l'affaire du concierge.

— Oh! dit Antoine d'un ton joyeux, les yeux étincelants, avec plaisir.

Et il bourra sa pipe avant de commencer son récit.

J'ai promis d'être sincère.

Il ne m'en coûterait rien d'avouer que je désirais la mort de ce concierge qu'avait tué mon beau-frère.

En somme, la vengeance personnelle est ce que l'on comprend, ce que l'on excuse le plus volontiers partout.

Toujours, l'homme qui a des raisons légitimes pour haïr, et qui frappe son ennemi, obtient, devant le jury, des circonstances atténuantes; je ne veux me faire ni meilleur, ni plus mauvais que je ne suis; mais je suis bien certain de moi sous ce rapport, j'aurais souhaité qu'Antoine ne frappât point cet homme qui nous avait dénoncés.

Pourtant je hais les espions, les dénonciateurs vils, les misérables qui livrent les vaincus aux vainqueurs.

Faisant partie d'une cour martiale ou d'un jury, je condamnerais à mort (qu'il s'agît d'une guerre civile ou d'une guerre étrangère) tous les traîtres et tous les lâches.

Mais je n'admets point, sauf les cas d'isolement, de légitime défense, de nécessité absolue et immédiate, que l'on se fasse justice soi-même.

Cependant, j'écoutai le récit d'Antoine avec un vif intérêt.

En somme, il s'agissait d'un gredin qui avait profité, pendant toute la durée du régime impérial, de sa situation de mouchard pour tourmenter impunément des filles et des femmes; il avait, lors de la conspiration dite de l'Opéra-Comique, — un coup monté par la police, — entraîné dans le complot, dont Ranc et tant d'autres furent victimes, beaucoup d'ouvriers de chez Cail.

Plus de vingt familles de Chaillot avaient perdu leur chef par sa faute et s'étaient trouvées entièrement ruinées.

Il avait fait pire.

Un vieux tourneur, grand'père d'une jeune fille de seize ans, avait été habilement compromis par lui; ce pauvre homme, innocent, absolument innocent, n'en avait pas moins fait de la prévention.

Quand il sortit de Mazas, il trouva sa maison vide.

Sa petite fille, désignée par le mouchard aux agents des mœurs, avait été arrêtée, conduite au Dépôt; elle avait subi ce que les gens du métier appellent la visite, et, vierge, comme il le fut prouvé depuis pour d'autres, elle avait été jetée à Saint-Lazare.

Le vieux tourneur se jeta dans la Seine.

Tout Chaillot sait cela.

Le quartier est bouleversé maintenant; mais j'engage le monsieur qui m'écrit des injures à faire un tour dans la rue de Chaillot et à y prendre des informations.

On se souvient encore des faits de ce temps-là; si ce monsieur (*qui ne veut pas croire*) est sincère, il reviendra édifié et n'aura pas perdu son temps.

J'ajoute qu'il n'est pas impossible de descendre dans les souterrains; je crois même que, moyennant une faible dépense, on peut obtenir un guide pour visiter les catacombes de la rive droite.

Je vais me mettre en instance auprès de la préfecture de la Seine pour que l'on organise mensuellement des promenades dans ces souterrains comme dans ceux de la rive gauche.

Pour mon compte, j'y suis retourné en pèlerinage.

Je reviens à mon récit, ou plutôt à celui d'Antoine.

Il nous raconta comment il s'était rendu méconnaissable, comment il s'était muni d'un certificat constatant qu'il avait passé le temps de la Commune hors Paris, comment il était rentré dans la ville.

— On se battait avec fureur, nous dit-il, partout la boucherie, partout les fusillades ; dans les cours de casernes, on braque des mitrailleuses pour en finir plus vite, et l'on fait fonctionner ces pièces deux fois par jour, le matin et le soir.

Des tombereaux emportent les cadavres, et il y en a tant qu'on les amoncèle dans les casemates des fortifications qu'il faudra bien vider, car l'air commence à être empoisonné.

Antoine nous cita la caserne de la Pépinière, où l'on amena un bourgeois, un homme connu pour ses opinions anti-communardes, mais qui avait exprimé son horreur pour ces mitraillades devant un chef de bataillon...

Celui-ci l'envoya au mur avec les autres, « pour lui apprendre à se taire. » C'était une façon comme une autre de clore la bouche aux gens.

Je n'insisterai pas sur ces tueries, espérant bien que l'auteur de *la Vérité sur la Commune* les racontera, mais je puis dire que les récits d'Antoine me donnèrent froid jusqu'aux os; c'était épouvantable.

Et à chaque instant mon beau-frère s'interrompait pour me dire :

— Eh bien ! qu'en penses-tu de tes soldats. Les soutiendras-tu encore ?

Je ne répondais rien.

Quoi lui dire ?

Depuis, j'y ai beaucoup pensé et je me suis expliqué bien des choses.

L'armée qui se battait là, c'était celle de l'empire, celle qui se composait d'un grand nombre de mercenaires, celle qui comptait dans ses rangs des *rengagés* abrutis par l'absinthe, la vie de caserne prolongée ; cette armée-là avait la bravoure professionnelle, mais aussi le mépris du civil, l'orgueil de l'épaulette et du sabre, le dédain du bourgeois ; cette armée, battue et faite prisonnière, revenait humiliée et furieuse de ses échecs ; elle avait en haine ces Parisiens qui avaient prolongé la lutte contre l'Allemagne après Sedan ; elle

Le directeur du bagne, dit *l'homme au speech.*

était travaillée, chauffée à blanc ; elle voulait réparer les hontes passées et se montrer brave. Elle fut féroce.

Il faut bien s'imaginer qu'il suffit d'un officier et d'un sous-officier par compagnie pour pousser cette compagnie à la cruauté, surtout en temps de guerre civile.

Supposez un capitaine bonapartiste, un de ceux que l'on appelait *ratapoils ;* flanquez-le d'un ou deux sergents de son bord ; qu'il y ait dans les rangs une dizaine de rengagés qui, sous l'empire, n'étaient en somme que des remplaçants, et vous comprendrez que ce noyau, exerçant à ces heures de crises toute l'autorité sur la compagnie, la poussera au carnage.

Voilà pourquoi cette armée fut si terrible pour les Parisiens.

Ajoutons-y, à la honte du parti réactionnaire, que celui-ci poussait, encourageait, stimulait les soldats.

— Si tu savais! me disait Antoine! Si tu savais! Des bandes de femmes, des harpies, descendent dans les rues, dès que les soldats arrivent! Des hommes, les domestiques surtout, se précipitent. Ils crient : « Vive la ligne! A mort les communards! » Le vin coule à flots, le sang aussi! Ce sont les civils qui font les chiens de meute! Ils traînent les blessés le long des escaliers, les jettent aux soldats en leur disant : Fusillez-moi ça!...

— C'est ignoble! murmurai-je.

— Oui, me dit Antoine, c'est ignoble! Et je me demande comment une nation comme la France, une ville comme Paris peuvent contenir autant de bêtes fauve

Puis il reprit :

— Tu penses que le concierge s'en donnait à cœur joie.

— Où l'as-tu retrouvé?

— Chaque nuit, il revenait coucher à Chaillot. Chaque matin, il partait, mouchard volontaire; il allait rejoindre les colonnes; il avait une carte de police; il se faisait connaître des chefs et des soldats et il se faisait guide des pelotons de recherches; il fouillait les maisons, terrifiait tout un quartier, recevait, provoquait les dénonciations, en inventait.

Ici Antoine me regarda :

— Tu te demandes pourquoi? me dit-il. A quoi bon imaginer un mensonge pour faire fusiller un homme qui était peut-être de son parti? Eh bien! mais... et voler!

— Ah! il volait!

— Sa loge était pleine de butin; il y apportait le soir tous les objets précieux qu'il avait dérobés.

— Canaille! dis-je.

— Je l'ai suivi, dit Antoine; je l'ai vu opérer; je l'ai frappé au moment même où il venait de piller un riche appartement après avoir fait arrêter un malheureux ouvrier, un vieux contre-maître, qui le gardait pour ses patrons réfugiés en province. Vous allez voir! C'est épouvantable, ce qu'il fit là! Je ne pus l'empêcher, mais j'ai vengé ce pauvre vieux.

J'écoutai avidement.

Antoine reprit :

— Figurez-vous que je suivais mon homme en quelque sorte pas à pas; je voulais le tuer; il ne fallait pas le manquer, et il importait de n'être pas pris.

« S'il ne s'était agi que de ma peau, je n'aurais pas fait tant de façons;

mais vous étiez dans les catacombes, et je songeais à vous souvent... toujours. »

Je tendis la main à Antoine et serrai la sienne.

Il continua :

— Si tu savais ce que j'ai vu ! Ça n'a pas de nom. Des tas de cadavres empilés ! Dans les ruisseaux, du sang ! Les pavés rouges ! Aux murs, des éclaboussures de cervelles et de chair !

« Vous sauvés, je n'aurais pu y résister ; j'aurais fait des folies ; j'aurais couru rejoindre les derniers insurgés qui se battaient vers le Père-Lachaise, et j'aurais tué plus de cent de ces bourreaux avant de mourir... Tu sais comme je tire.

En effet, Antoine était d'une adresse merveilleuse.

Il continua :

— Je reviens à ce concierge ! On n'a pas idée de sa canaillerie. Je crois qu'il connaissait le vieux contre-maître, gardien de la maison où il le fit tuer.

« Je n'ai pu tout voir, tout entendre, tout savoir ; mais je suppose et tout me donne lieu de croire que les choses se sont passées comme je vais te les dire.

« Je ne perdais pas de vue cette canaille ; je l'ai vu entrer dans la maison où ce malheureux ouvrier était resté tout seul ; la fusillade et les obus avaient chassé les autres locataires, si toutefois il y en avait.

« Il y avait eu beaucoup de dégâts dans cet immeuble ; les murs étaient troués comme des écumoires.

« Probablement le contre-maître, ayant la responsabilité d'objets précieux abandonnés dans l'appartement de ses patrons, n'avait point osé s'en aller.

« Il était donc là !

« Le combat continuait plus avant, la rue était sillonnée de détachements allant et venant ; mais la lutte était finie sur ce point. Les gens étaient descendus sur le pas de leurs portes.

« Donc, mon concierge avait abordé le vieux contre-maître, lui avait parlé sous la porte cochère, puis ils étaient entrés dans la maison.

« Je pense que le concierge aura dit au contre-maître qu'il venait de la part de son patron. Qu'il ait pris ce prétexte ou un autre, qu'il ait ou non connu ce pauvre diable, toujours est-il qu'ils pénétrèrent dans l'appartement.

« Tout à coup, une fenêtre s'ouvrit ; je ne vis personne, mais j'entendis tirer cinq ou six coups de revolver par cette fenêtre ; les soldats qui passaient ou qui se trouvaient en station là sautèrent sur leurs chassepots et ripostèrent ;

d'autres se précipitèrent vers la maison, au seuil de laquelle avait reparu mon mouchard de concierge, qui tenait à la main sa carte d'agent, appelait les troupiers et leur criait :

« — Venez ! venez ! Je vais vous conduire. Il est là-haut.

« Et il conduisait les soldats à l'appartement, leur désignant le vieil ouvrier comme celui qui avait tiré.

« Ce pauvre homme fut entraîné, poussé, assommé, lardé.

« Il criait :

« — Ce n'est pas moi ! C'est lui qui a tiré !

« Mais il n'eut pas le temps de s'expliquer.

« On le poussa au mur et on lui fit son affaire.

« Comment, du reste, les soldats auraient-ils hésité entre cet homme et un mouchard ayant une carte de police ?

« Comment admettre que ce fût un mouchard qui eût tort ?...

« C'était invraisemblable. »

— C'est ce qui excuse un peu les soldats, dis-je.

— Oh ! s'écria Antoine, ne les défends pas. Tais-toi ! tais-toi !... Laissons l'affaire du contre-maître si tu y trouve une excuse. Soit. On pouvait croire qu'il avait tiré. Mais j'ai assisté à d'autres actes inqualifiables, et, quand je te les raconterai, tu seras indigné.

Je baissai la tête, humilié, car, le lecteur a pu s'en apercevoir, je suis un chauvin et j'aimais même cette armée de l'empire.

Antoine me dit :

— Le contre-maître mort, je ne vis plus reparaître mon mouchard. Il s'était mis à la tête de deux ou trois soldats et avait fait mine de fouiller la maison. Les soldats étaient ressortis ; lui, il était resté.

— Pour voler ? dis-je.

— Oui... pour voler...

— C'est ignoble !

— Un mouchard !... ça t'étonne !...

Et il haussa les épaules.

— J'attendis, reprit-il. La nuit vint. Je vis enfin mon mouchard descendre dans la rue avec un paquet en mains.

— Le butin ?

— Et riche, je t'assure. Il se dirigea vers Chaillot.

— Il regagnait sa loge !

— Précisément.

— Et tu l'as tué ce soir-là même ?

— Tu vas voir.

Juliette qui écoutait, palpitante, et qui avait ses raisons personnelles pour avoir voué à ce concierge une haine vigoureuse, se mit à battre des mains.

— Je suis sûre, dit-elle, que tu lui as donné un coup de couteau !

— Oui ! répondit-il.

— Au moins, de cette façon-là, on sent qu'on tue !...

— D'abord, fit Antoine ; et puis, je ne pouvais pas faire de bruit !

— Mais comment as-tu pu lui faire son affaire ? demandai-je.

— En pleine rue, ou plutôt en pleine avenue.

Et comme je m'étonnais :

— Il faisait nuit ! reprit-il. Mon homme, malgré sa carte, en raison de son butin, évitait les endroits trop fréquentés et il faisait des détours pour ne pas passer devant les bivouacs de soldats.

« Bref, il arriva sur l'avenue du Roi-de-Rome... un quasi désert pour le moment... c'était mon affaire.

« Je hâtai le pas.

« Il m'entendit bien ; mais il n'avait pas trop peur...

« Je déguisai ma voix, je pris l'accent le plus paysan possible et je lui demandai s'il ne pouvait pas m'indiquer la rue de Chaillot.

« Outre que la nuit tous les chats sont gris, j'étais trop changé pour être reconnu ; quant à ma voix, je t'assure que toi-même tu t'y serais trompé. »

Et Antoine se mit à imiter les paysans des environs de Paris dans leur dialecte, avec une perfection remarquable.

Il continua :

— Rue de Chaillot, me dit mon mouchard, qu'un paysan ne gênait ni n'effrayait, rue de Chaillot, j'y passe. Venez !

« Je marche à côté de lui.

« J'avais un bon couteau à virole que j'avais su soin d'ouvrir auparavant et de cacher dans ma manche.

« Mon mouchard m'interroge ; ces gens-là sont curieux.

« Il me demande :

« — D'où venez-vous ? Qui êtes-vous ? Avez-vous un laissez-passer ? Un certificat ? Pourquoi venez-vous ici dans un pareil moment ?

« Je lui réponds.

« Il croit avoir affaire à un pauvre diable de croquant, à un ignorant, à un simple, et il ne se défie pas.

« Je trouve ma *belle* au détour de l'avenue ; je saisis mon homme à la gorge avec ça... un étau. »

Antoine me montrait sa terrible main, dont je connaissais la puissance.

— Et puis, demanda Juliette haletante. Dis vite, Antoine.

Elle buvait les paroles de son frère; je l'ai dit, ma femme est vindicative, cruelle même à ses ennemis; elle l'a bien prouvé depuis, en Nouvelle-Calédonie.

— Et puis... dit Michel, dont la voix s'altéra et dont l'œil s'injecta de sang; et puis, je lui plongeai mon couteau à la naissance du cou; c'est un sûr moyen de tuer, car on atteint le poumon, on coupe une grande artère; l'homme tombe étouffé, foudroyé, anéanti.

« Quand je lâchai mon mouchard, il s'aplatit comme une galette.

« Plus rien... mort... bien mort... »

— Oh! tant mieux! s'écria Juliette qui se leva pour sauter au cou de son frère. Tu as bien fait, Antoine. Le misérable ne fera plus peur aux jeunes filles, le soir, dans les rues, et ne les tourmentera plus.

Moi-même, je l'avoue, je ne regrettais pas ce concierge.

L'aurais-je tué?

Non.

Mais, après l'histoire du contre-maître, j'avoue que je ne blâmai point Antoine et que je le félicitai même.

— Ce n'est pas tout! reprit-il. J'ai voulu qu'on ne le reconnût pas. Inutile que son décès fût constaté.

— Pourquoi?

— Parce que, pour le moment, c'est moi qui suis lui.

— Comment ça?

— Voici sa carte, son carnet, tout ce qui prouvait son identité.

Antoine me montra les pièces qu'il annonçait.

— Tu vois, me dit-il. Et tu penses que ça peut servir.

« Aussi, ai-je si bien défiguré mon homme à coups de bottes, que celui qui le reconnaîtra sera bien malin.

— A coup de bottes... m'écriai-je.

Antoine haussa les épaules, bourra sa pipe et me dit :

— Tu ne l'aurais pas tué, n'est-ce pas, toi, le mouchard?...

Je me taisais.

— Au fond, fit Antoine, tu ne vaux pas cher... tu n'es qu'un bourgeois...

Je sentis qu'il avait raison, et aujourd'hui encore je suis un peu bourgeois : mes amis, les transportés, me le reprochent.

XVII

Encore les catacombes. — Détails curieux. — Les souterrains du Trocadéro. — Les dessous de l'Église. — La plaque d'égout.

Si le lecteur a bien compris ce que je lui ai expliqué de mon mieux, il sait que les catacombes de Chaillot et du Trocadéro sont (je dis « sont », car elles existent toujours) de vieilles carrières.

De même que le Paris de la rive gauche, celui de la rive droite a été construit avec la pierre extraite du sol le plus voisin ; les collines de Passy-Chaillot à l'ouest, celles de Montmartre au nord, ont fourni les matériaux.

De là, ces excavations immenses, longtemps exploitées, puis, peu à peu abandonnées, lorsque, plusieurs étages de galeries étant creusées, ces éminences furent en quelque sorte percées de la base au sommet par des galeries.

Pour donner une idée de l'aspect que ces catacombes présentent, supposons une fourmilière coupée en deux, de façon que l'œil puisse en voir chaque tranche.

« C'est ainsi, selon l'expression d'un ingénieur, que se présenteraient les catacombes de la rive droite. »

Je comprends donc difficilement pourquoi quelques lecteurs s'étonnent et me demandent des détails sur ces souterrains.

Quoi ! si profonds !

Quoi ! à plusieurs étages !

Quoi ! sous plusieurs quartiers !

Oui, et je m'étonne à mon tour de cet étonnement.

Lorsqu'il s'est agi de bâtir le palais du Trocadéro, tous les journaux n'ont-ils pas raconté que les frais ont été considérablement augmentés par la nécessité de combler les vides qui se succédaient par étages ?

N'a-t-on pas beaucoup écrit, beaucoup parlé à ce sujet ?

Les journaux, en 1877, n'ont-t-ils pas publié plusieurs articles et faits divers sur ces catacombes de Chaillot ?

L'un d'eux relate même et les vieilles légendes que j'ai racontées, et le fait d'insurgés de la Commune réfugiés dans les catacombes ?

Il s'agissait de moi et des miens...

Ce qu'il y a de curieux, c'est que nous ne fûmes pas les seuls réfugiés qui trouvèrent un abri dans ces galeries.

Il paraît que d'autres y furent poursuivis comme nous.

En attendant que des visites soient organisées dans ces catacombes de la rive droite, comme dans celles de la rive gauche, nous signalerons leur entrée officielle, un *tumulus* en pierres et gazon, élevé par l'administration, au coin de la rue de Longchamp et du boulevard du Roi-de-Rome, sur l'ancienne barrière de Paris avant l'annexion.

Je puis affirmer que ces catacombes, partant de Passy, s'étendent bien au-delà de l'église de Chaillot, jusqu'aux Champs-Elysées.

Rue des Batailles, 7, il y avait une maison dont les caves étaient faites de chambre de carrières; il y en avait trois étages taillées en plein roc.

Ceci dit, je reviens à mon sujet pour rappeler au lecteur que des communications existaient entre les carrières et les anciens égouts; lorsque ceux-ci avaient été creusés, l'administration d'alors ne s'était pas préoccupée, en traversant une des carrières, de l'isoler de l'égout en construction.

Plus tard, on n'avait point comblé ces égouts, et l'on avait tiré parti de ceux qui, étant donnés les nouveaux plans, pouvaient être d'une certaine utilité.

De là, cette possibilité de circuler du Trocadéro à la Seine et aux Champs-Elysées par les souterrains et les égouts.

C'est ce qui permettait à Antoine de sortir en pleine rue.

On sait que tel était son plan.

Si le lecteur a bien compté, nous étions arrivés à la fin de la lutte.

De loin en loin, nous entendions encore le canon.

C'était la dernière résistance des insurgés que les troupes écrasaient dans le cimetière du Père-Lachaise.

Antoine, nous ayant raconté l'histoire de son concierge, nous dit :

— Et maintenant en route!

— Tu pars?

— Oui.

J'avais le cœur serré.

Tout d'abord, il me répugnait que ce hardi garçon s'exposât toujours en mon lieu et place, et qu'il portât en quelque sorte tout le poids de la situation.

Puis je craignais qu'il ne revînt pas, et se fît prendre.

Il devina ma pensée.

— Mon cher, me dit-il, je te rappellerai que tu ne m'as pas vu souvent joyeux; je t'ai expliqué pourquoi.

— Mais, voyons, dis-je, tu as d'autres motifs de tristesse. N'y a-t-il donc pas d'autres filles au monde que des Bohémiennes?

— Mon ami, me dit Antoine, chacun a ses idées, son tempérament. Depuis que j'ai rencontré la jeune fille que j'aurais voulu épouser, et qui m'a repoussé

Après mon arrestation.

parce que je n'étais point un vrai gitano, depuis qu'elle a épousé un homme de sa tribu, ma vie est finie.

Et il ajouta d'un ton rude :

— Si tu veux bien, jamais plus un mot là-dessus, je t'en prie.

Son œil brilla d'un feu sombre et son front se plissa. Je lui serrai la main.

— Bon ! bon ! fit-il. Je reprends le fil de mes idées et des tiennes.

Il s'efforça de sourire.

— Tu le dis, n'est-ce pas, continua-t-il, que je m'expose seul.

— Oui.

— Eh bien, c'est toi, c'est Juliette, c'est vous deux, qui me sauvez la vie;

s'il n'avait pas fallu vous tirer d'embarras, je te le répète, à cette heure je serais mort.

Et d'un ton très affectueux :

— Par conséquent, pas de regrets, quoi qu'il arrive.

« Vous allez m'accompagner, voir comment je m'y prends, marquer le chemin, me laisser partir, retourner à l'ouverture de communication et m'y attendre.

« Si je ne suis pas revenu quand vous aurez mangé vos vivres, sortez.

« Il arrivera ce qui arrivera.

« A Juliette, on ne peut trop rien faire ; à toi, pris, il ne peut advenir que de la prison ou de la déportation.

« Tu as des protecteurs... »

Il me dit cela un peu amèrement, et je baissai la tête.

Il n'aimait pas les bourgeois.

— Si je reviens, reprit-il, avec les vêtements que j'apporterai, vous serez à peu près sauvés et... moi aussi.

Nous entassâmes nos vivres dans le sac qui lui avait servi à les apporter ; nous descendîmes assez facilement dans la galerie, et nous nous mîmes en marche.

Une demi-heure plus tard, nous rencontrions l'échelle d'un égout.

Nous nous arrêtâmes.

Antoine nous tendit la main.

— Au revoir ! dit-il.

Et il grimpa lestement.

J'étudiai la façon dont il s'y prenait pour lever la trappe.

— Tu sais, me dit-il avant de la soulever, que si tu n'entends rien, moi dehors, c'est que je ne serai pas pris.

— Oui, dis-je.

Et nous écoutâmes anxieux.

Il leva la plaque très habilement, car nous n'entendîmes presque pas de bruit ; il ne la renversait pas et se contentait de la mettre hors de son cadre et de la faire glisser doucement ensuite.

Il regarda dehors, ne vit rien et sortit tout à fait, puis il nous jeta son fusil et remit la plaque en son état habituel.

Rien... Pas de bruit...

Antoine était dehors, sain et sauf.

Nous retournâmes sur nos pas, vers la communication.

Là, nous attendîmes, heureux et pleins d'espoir d'une délivrance prochaine.

Avant la fin de la nuit, Antoine nous revenait.

Il apportait, cette fois, un sac de voyage gonflé.

On juge de notre accueil.

Il nous dit :

— Vous voyez que je me suis procuré des vêtements propres pour toi et pour Juliette ; je ne m'attendais pas à ce que les vôtres soient salis par la moutarde; mais je te savais vêtu en fédéré.

En effet, je portais la vareuse et le pantalon des soldats de la Commune ; il n'en fallait pas plus pour être fusillé.

Antoine reprit :

— D'autre part, Juliette est habillée en Parisienne, et je voulais qu'elle fût mise en paysanne.

— Ma foi, dis-je, c'est une bonne précaution.

— Toi, tu porteras aussi la blouse des *croquants*.

Il tira, du fond du sac, deux paquets.

C'étaient nos costumes.

Ce sac, plein de vivres et d'autres objets utiles que mon beau-frère s'était procurés, me semblait une mine inépuisable.

— Tu trouveras là-dedans, me dit Antoine, savon, rasoir, ciseaux, peignes, tout ce qu'il vous faut.....

Et tout joyeux :

— Ça se calme là-haut ! Ils ne fusillent plus dans ces quartiers-ci. Vite ! A cette toilette ! Je vais faire un tour dans les égouts, à la recherche d'une autre plaque, car celle par laquelle je suis sorti ne m'inspire plus de confiance ; elle est près d'un poste de police.

Il s'éloigna.

J'ai expliqué au lecteur que nous nous étions baignés, avec une espèce d'acharnement, dans les flaques d'eau provenant du filtrage des voûtes, qui formaient des rigoles, et par place, des cuvettes.

J'ai aussi expliqué comment nous avions tordu et lavé nos vêtements, qui avaient fini par sécher sur notre corps.

Mais nous n'avions point de savon, et, malgré tout, l'odeur, l'épouvantable odeur de la *moutarde*, imprégnait encore nos habits, qui, du reste, étaient dans un déplorable état.

Si j'éprouvais des nausées en respirant les parfums de la moutarde, que penser de la répulsion de Juliette pour sa robe frippée et saturée de cette senteur, qui est une des plus tenaces que je connaisse.

Elle eût voulu prendre encore un bain avant d'endosser les hardes apportées par son frère ; mais, je l'ai dit, nous étions dans les égouts ; là, plus d'eau fraiche.

Je dis fraiche... relativement.

N'importe ! Nous fîmes notre toilette telle quelle et nous éprouvâmes une sensation délicieuse de bien-être.

De ma vie je n'avais savouré un pareil plaisir en endossant une chemise blanche sentant bon le linge frais.

Bourgeoisement élevé, je ne me doutais pas de ce que c'était que certaines privations, et notamment la torture de la saleté ; plus tard, je devais m'y habituer ou plutôt m'y résigner, car on ne s'y habitue jamais.

Je crois que Juliette était encore plus heureuse que moi.

— Vois donc, me disait-elle, quel bonheur ! un miroir...

Antoine avait pensé à tout, il avait acheté un de ces petits miroirs de cinq sous, qui sont formés de deux disques repliés l'un sur l'autre et reliés par des charnières.

Elle avait aussi un peigne, et elle se coiffa.

Je vois encore sur ses épaules flotter ses longs cheveux qui tombaient presque sur les talons ; j'entends encore ses joyeuses exclamations de plaisir en découvrant tous les petits trésors que contenait le sac.

Je songeais, en admirant, que j'allais être bien heureux, si les Versaillais ne me prenaient point ; je me marierais régulièrement, je retrouverais un bon emploi et nous pourrions vivre d'autant plus tranquilles que j'étais à l'aise.

Jamais ne n'avais demandé de comptes à ma mère ; mais je savais que, de la fortune de mon père, il me revenait assez pour vivre même sans travailler.

Mais, loin de rêver l'oisiveté, je ne songeais qu'à augmenter ma petite fortune par un labeur acharné, pour donner à Juliette tout le confortable possible et aller au devant de ses désirs.

Hélas ! tous ces rêves s'envolèrent sous la brutale étreinte des soldats..

Antoine qui était allé en reconnaissance, nous revint.

— Eh bien ? demanda-t-il.

— C'est fait, dit Juliette, qui donnait le dernier tour de main à sa coiffure. C'est fait, et j'en suis bien aise.

Elle repoussa du pied dans l'égout ses hardes abandonnées.

Il y avait de la haine dans ses yeux pour ces guenilles.

Antoine prit la bougie et passa une inspection *de tenue* minutieuse ; il était extrêmement perspicace.

— Trop bien peignée ! dit-il. Tu dois avoir l'air d'une paysanne, et ces filles-là sont généralement assez mal fichues.

Il tendit sa main à sa sœur.

— Ebouriffe-moi ces boucles et ces nattes-là ! dit-il.

Juliette fit la moue.

Avant d'avoir eu la petite vérole, je ne l'avais jamais vue coquette ; depuis, elle cherchait à profiter de tous ses avantages pour triompher du désastre de sa beauté ; j'ai déjà dit que, pour mon compte, je la revoyais telle qu'autrefois.

Remarquant ce mouvement de mauvaise humeur de sa sœur, Antoine me dit d'un ton sec et bref :

— Gronde-la ! ne voilà-t-il pas qu'elle va faire des manières maintenant, parce qu'elle est devenue laide.

Le mot était dur.

Juliette se mit à pleurer.

— Tu es une sotte, lui dit Antoine. Tu n'as au monde que trois êtres à aimer, ton mari, sa mère et moi. Tu ne dois tenir qu'à l'affection de ces trois personnes.

Et doucement :

— Moi, tu sais si je te suis dévoué ; je n'ai plus que toi au monde. Lui, il est amoureux pour jamais ; il t'a adorée jolie, il t'a lore laide ; sa mère fera comme lui ! Que t'importe le reste du monde !

Elle me jeta un regard à travers ses larmes, vit que son frère ne se trompait pas et qu'elle pouvait compter sur ma tendresse inaltérable ; je lui tendis mes bras et elle me donna dix baisers que je lui rendis.

Elle murmurait à mon oreille :

— Si je suis coquette, c'est pour toi ! J'ai si peur...

Mais Antoine n'était pas pour ces petites scènes de ménage.

— Allons ! allons ! gronda-t-il, assez de plaisanteries comme ça.

Et d'un ton dédaigneux :

— Il faut en finir ! Passons au sérieux.

Je ne voulais pas trop lui en vouloir.

Outre qu'il avait raison, étant données les circonstances, je songeais que, lui, ne se marierait jamais...

Pauvre garçon !

Antoine devait avoir plus tard un singulier mariage.

Comme Mourot, l'ex-secrétaire de Rochefort, il devait être aimé par la fille d'un chef canaque, et il finit par se laisser épouser à la façon du pays.

Je tiens à dire ici, en passant, que les femmes canaques sont loin, dans leur extrême jeunesse, d'être laides ; elles sont de la même race que les Havaïennes qui passent pour charmantes.

Civilisée par un mari, une jeune fille canaque peut devenir très présentable ; et elle est loin d'être sans qualités ou sans charmes. Ma belle-sœur, toute Canaque qu'elle est, vit aujourd'hui en Italie et elle y est reçue dans d'excellentes familles où elle est très estimée.

Mais, à un certain point de vue, si jamais Antoine revient à Paris amnistié, les Parisiennes pourront se moquer de lui.

Car il les a dédaignées, ne voulant que d'une fille de sa race, et il a fini par avoir pour femme une anthropophage !

C'est assez étrange pour être signalé, et quelquefois nous en rions avec Juliette, maintenant que nos malheurs sont finis.

Que l'amnistie soit votée pourtant, que mon beau-frère revienne, qu'il se promène sur le boulevard avec sa femme, et je crois qu'elle passera inaperçue :

Il y a des Parisiennes aussi brunes, et j'en connais de moins gracieuses.

Antoine, cependant, après s'être assuré que sa sœur avait enfin la tournure qu'il lui voulait, me dit :

— A ton tour !

Il prit des ciseaux et me fit tomber les cheveux.

Il délaya un peu de savon (il avait, je l'ai dit, pensé à tout) dans un peu d'eau prise dans un bidon et me fit la barbe avec la dextérité d'un Figaro espagnol.

Puis il me dit :

— Aux cils, maintenant. Ne bouge plus surtout...

Je protestais.

— Non, non ! dis-je. Je vais être hideux sans cils.

— Allons donc !

— J'aurai l'air d'avoir les yeux malades ; c'est d'un laid...

(Dois-je confesser que j'avais de longs cils soyeux dont Juliette m'avait fait compliment, ce qui m'avait rendu très fier.)

— Vas-tu pas faire l'enfant ! me dit Antoine. Il le faut.

— Je refuse.

— Cils et sourcils.

— Non !

Juliette à son tour riait.

— Parle-lui donc, fit son frère. Il n'y tient qu'à cause de toi.

Elle me prit les mains, me regarda avec ses grands yeux, et me dit :

— Je t'en prie.

On le voit, les rôles étaient tout à fait changés.

Je finis par céder.

Quand Antoine eut terminé, je pris le petit miroir.

Non, jamais je ne me serais reconnu ; j'avais une tête de veau, mais une tête de veau maigre, par exemple.

Les quelques repas pris depuis mon jeûne ne m'avaient point rempli les joues qui étaient creuses et pâles.

Juliette cachait sa tête dans ses deux mains pour rire.

Je dis à Antoine, de l'air le plus dépité et avec colère :

— Cela t'est bien égal à toi de te raser tout ; tu as un type, et tu n'es pas ridicule ; mais moi... moi...,

— C'est honteux pour un homme de parler comme ça, me dit Antoine. Tu n'es qu'une femmelette.

— Eh ! fit Juliette, si tu avais la petite vérole...

— Grand merci ! fis-je.

Elle poussa un soupir et me dit d'un ton convaincu :

— Si tu devais en réchapper et ne pas trop en souffrir, je serais contente de te voir marqué aussi...

Je la regardai.

Elle était sincère en parlant ainsi, sincère et... féroce ; les femmes qui aiment sincèrement, et qui sont jalouses, ont de ces idées-là.

Ainsi, aujourd'hui même, à Paris, Juliette me dit de temps à autre, remarquant combien le changement de position m'a rendu de santé et m'a transformé, Juliette, dis-je, répète assez souvent :

— C'est étonnant ! Tu rajeunis...

Il est certain qu'après sept ans de Nouvelle-Calédonie, je pensais que je reviendrais avec des cheveux blancs.

Aujourd'hui, il me semble que le temps a fui comme un rêve, et je me figure être au lendemain du jour où, dans cet égout, nous avions peur, ma femme et moi, d'être laids.

— En route ! dit enfin la voix d'Antoine.

Nous le suivîmes et nous arrivâmes au pied de l'échelle.

La minute de la crise finale, le dénouement de nos aventures dans les souterrains était proche.

Mon cœur battait avec violence.

Je remarquai (et cela m'impressionna) que Juliette était préoccupée.

XVIII

Hors Paris. — Le grand air. — Défaillance. — La liberté. — Je suis malade. — Le premier nid. — L'enfant prodigue. — Un réactionnaire. — L'altercation. — Je suis arrêté.

Nous étions, comme je l'ai dit, au pied de l'échelle qui, de l'égout, montait vers la rue pour aboutir à la plaque.

Antoine, comme toujours, voulut se risquer le premier.

Je dois lui rendre cette justice : mon beau-frère regardait, il est vrai, sa vie comme perdue ; mais il ne la marchandait jamais.

Je discutai souvent par la suite avec lui, au sujet de cette espèce de sombre désespoir qui s'était emparé de lui dès sa jeunesse ; je le trouvais peu justifié ; je ne comprenais pas qu'un homme, beau garçon, brave, intelligent, énergique, laissât perdre ainsi sa vie parce qu'il lui était impossible d'épouser une gitana.

C'était absurde, selon moi.

D'abord je m'imaginais qu'en s'en donnant la peine, il eût fini par conquérir le cœur d'une de ces Bohémiennes ; cela ne me semblait point si difficile.

Ensuite, je trouvais bizarre qu'il voulût une de ces femmes, et point d'autres.

Cela me semblait déraisonnable.

Lorsque, plus tard, j'en causai avec Juliette, je compris mieux.

Ma femme me raconta qu'Antoine avait été très épris d'une petite gitana, qu'il avait voulu l'épouser, que la jeune fille l'avait repoussé et que telle était la cause de son chagrin.

Dès lors, l'attitude de mon beau-frère me parut compréhensible.

On admet qu'un homme qui est dévoré par une passion malheureuse soit morose, et que la vie lui soit à charge ; mais qu'il soit désespéré pour des motifs aussi vagues que ceux qu'alléguait mon beau-frère, voilà qui m'étonnait.

Plus tard, il se passa de si étranges choses en Nouvelle-Calédonie, Antoine, notamment dans la révolte des Canaques, y fut le héros de si bizarres aventures et il y tint une conduite si singulière, que j'ai cru devoir donner quelques explications sur sa misanthropie.

Comme je l'ai dit, il monta le premier à l'échelle et il souleva la plaque.

Rien de suspect dans la rue.

Transporté en fuite.

Pas de lune !

Une nuit très favorable.

Il nous dit doucement :

— Montez !

Je lui obéis.

Derrière moi, Juliette suivit, et nous fûmes tous trois dehors.

Antoine eut soin de refermer la plaque, et il nous dit :

— Marchons.

Nous étions très près des Champs-Élysées ; il pouvait être environ dix heures du soir, personne ne paraissait.

A cette époque, dans ces quartiers, il y avait peu de monde, le soir surtout.

La plupart des bourgeois riches et des étrangers avaient émigré à la campagne, laissant le concierge ou quelque domestique à la garde de leur appartement ou de leur hôtel.

Quand j'aperçus le ciel, quand je respirai l'air pur, quand je vis les étoiles, je fus saisi d'une défaillance ; mes oreilles bourdonnèrent, mes tempes battirent violemment, mon sang circula avec violence, et je me sentis chanceler comme un homme ivre.

Antoine, me voyant prêt à tomber, me soutint et me conduisit vers une porte sur l'escalier de laquelle je m'assis écrasé.

Mon beau-frère murmura entre ses dents des mots blessants.

— Ces fils de bourgeois, mâchonnait-il. Pas de sang dans les veines !

Et autres choses désagréables.

Je voulus me lever... Impossible.

Tout, autour de moi, tournoyait.

Juliette était désolée.

Antoine comprit qu'il me blessait profondément en m'injuriant.

— Voyons ! Voyons ! me dit-il. Ne te fâche pas ! C'est une faiblesse ! Nous attendrons ! Tu n'es pas fort, ce n'est pas de ta faute.

Et à Juliette avec conviction :

— C'est sa race qui est comme ça, molle, sans vigueur ; il est fils de bourgeois...

Puis, d'un air de commisération :

— Pauvre diable ! On ne peut pas lui en vouloir ? C'est une nature de papier mâché !

— Mais, tais-toi donc ! dit Juliette.

Antoine eut une réponse étonnante.

— Il faut bien le consoler, dit-il. Je ne veux pas qu'il se figure que je lui en veux d'être bâti comme ça, en cire molle...

Et en fiche de consolation à sa sœur :

— Heureusement, mes neveux ne lui ressembleront pas ! Ils tiendront de toi ! Les fils ressemblent toujours à leur mère ! J'en ferai des hommes.

Ce n'était guère flatteur pour moi.

Du reste, Antoine m'a peu habitué aux compliments... Ce qu'il m'a appelé de fois astèque...

Mais, au fond, je me console, lui ayant sauvé la vie deux fois.

J'étais là, toutefois, malheureux, affaibli, ne pouvant point marcher, ne pouvant même point me lever, et me désespérant...

Ce n'était pas, comme je l'avais supposé, une défaillance passagère.

La faim, les bains, l'humidité, l'eau malsaine m'avaient profondément débilité; le grand air avait produit une réaction profonde qui m'abattait littéralement.

Antoine semblait embarrassé.

Enfin, il prit une résolution.

— Où demeure ta mère? me demanda-t-il tout à coup.

— Près de la gare de Lyon, répondis-je. C'est bien loin.

— T'accueillera-t-elle bien?

— Peux-tu le demander...

— Dam! on ne sait pas! Ces bourgeoises...

— Assez! Tais-toi, lui dis-je indigné.

— Bon! bon! fit-il. Tu crois pouvoir compter sur elle. Tant mieux!

Et il me tendit son bidon.

— Bois, dit-il, bois un bon coup! Il faut que tu puisses arriver jusque là-bas. Une fois là, si ta mère est une mère, tu seras en sûreté.

Il doutait.

Comme si l'on pouvait douter du cœur d'une mère.

Mais Juliette (je l'ignorais encore) avait vu maman, et elle l'avait bien jugée (c'était au moment où j'étais blessé.)

Le rhum que j'avais bu me donna des forces, et je me levai.

— Marchons, dis-je.

Un bonheur, une chance, me favorisa; une voiture de louage vint à passer.

J'en fus bien surpris.

Des voitures!

En ce moment!

Les pavés étaient encore chauds!

Mais, comme me le dit Antoine ensuite, un cheval à l'écurie est une dépense sans profit; il faut que bête et cocher mangent et par conséquent gagnent pain et avoine.

Antoine fit ce que je n'aurais jamais osé faire, il héla le cocher, et celui-ci s'arrêta un peu indécis.

Il rentrait; son cheval était fatigué.

— Où allez-vous? demanda-t-il.

Il nous considérait.

Un cocher parisien a une certaine façon de lui de dévisager ses pratiques.

Antoine prit son accent traînard de paysan et dit, en me montrant, que j'étais son beau-frère, que nous étions de Villeneuve-Saint-Georges, que nous étions venus à Paris voir des parents et que nous avions dîné à Passy, mais que j'avais une colique épouvantable.

Bref, il fut aussi croquant qu'il le fallait pour convaincre le cocher qu'il avait affaire à de bons paysans.

Mais il nous dit :

— Mon cheval est éreinté ! Je ne peux pas vous conduire bien loin. Où allez-vous, définitivement ?

Antoine fut très fin.

Il se gratta l'oreille, parut embarrassé et finit par demander :

— Combien nous demandez-vous pour nous conduire à la gare de Lyon ? Si nous n'avons pas de train, nous logerons à l'hôtel et nous partirons demain par le premier qui ira jusqu'à Villeneuve.

— Trop loin ! fit le cocher.

— Vous irez au pas ; nous ne sommes pas pressés ; il n'y a plus de train.

— Hum ! hum ! Ça vaudrait... ça vaudrait... Je n'irais pas pour vingt francs...

On débattit le prix, et enfin Antoine arriva, après avoir bien discuté, à huit francs tout ronds, sans pourboire.

Il se montra aussi râleur qu'un bon croquant peut l'être.

Nous montâmes en fiacre, et la voiture mit plus d'une heure pour faire le trajet ; le cheval était vraiment fatigué.

Enfin, nous arrivâmes aux abords de la gare ; Antoine fit arrêter la voiture avant d'arriver.

— Nous allons, maintenant, dit-il, chercher à coucher !

Et il paya.

Puis il me demanda l'adresse de ma mère.

C'était près de là !

Antoine s'y prit très adroitement pour avertir ma mère.

Tout d'abord, il s'était adressé à la concierge qui n'était pas encore couchée et qu'il lui semblait inutile de mettre dans la confidence de ma participation à la Commune.

Il lui avait dit, jouant toujours le paysan et se donnant l'air un peu niais.

— C'est-il bien ici Mme X. .

— Oui.

— Il est bien tard ; mais il faut l'éveiller, sans la brusquer, cette pauvre dame. Je suis de Villeneuve, et c'est chez moi que son fils a passé le temps de la Commune.

— Ah ! je me disais aussi que c'était drôle de ne pas le voir.

— Il s'est sauvé de Paris, pour ne pas servir les fédérés, et il est venu chez nous ; mais voilà qu'il est tombé malade.

— Pauvre jeune homme !

— Je le ramène. .

— Où est-il ?

— Il attend ici près. Seulement il est si maigre, si changé ! Faut que je prépare la mère à le revoir. Ça lui ferait une révolution, s'il se montrait comme ça, tout de suite.

— Montez au premier ! la porte à gauche !

Ma mère, prévenue par notre vieille domestique, avait deviné qu'il s'agissait de moi, que je lui faisais tenir de mes nouvelles, et qu'il y avait tout autre chose que ce qu'Antoine avait dit à la bonne, car il avait raconté la même fable à celle-ci qu'à la concierge.

Antoine fut reçu tout aussitôt.

Il exposa nettement la situation.

Ma mère mit un châle et descendit en disant à Antoine :

— Venez ! Venez vite !

Antoine la suivit, mais, une fois dans la rue, il lui dit :

— Madame, contenez-vous ! Pas de démonstration ! Il eût mieux valu attendre chez vous ! Si un agent vous voyait embrasser votre fils, il se douterait de quelque chose.

La mère domina son émotion.

Antoine reprit :

— Juliette, ma sœur, et moi, nous allons retourner vers les Halles ; nous nous mêlerons aux paysans qui viennent apporter des denrées, et nous retournerons au Bas-Meudon où nous trouverons asile.

Ma mère nous trouva où je l'attendais, appuyé au bras de Juliette.

— Te voilà donc enfin, murmura-t-elle. Venez tous trois ? Venez, mes enfants.

Juliette hésitait.

Antoine reculait.

— Ma fille, dit ma mère, en s'adressant à ma femme, je le vois bien malade ; vous l'avez sauvé une fois, vous m'aiderez à le sauver une seconde.

Et elle serra la main de Juliette.

— Ne restez pas dans la rue, dit Antoine, c'est dangereux.

Ma mère nous emmena vivement.

Mais je m'aperçus qu'Antoine s'éloignait d'un pas rapide.

— Ton ami nous quitte? fit observer ma mère.

— Il faut le laisser, dit Juliette. Je le connais. Nous l'appellerions inutilement, il ne nous écouterait pas.

Je savais mon Antoine par cœur, et je ne fis aucun effort pour le retenir. Il aimait trop l'espace et la liberté pour se cacher dans un appartement.

Nous nous dirigeâmes vers la maison.

La concierge qui me connaissait bien, qui avait même quelque amitié pour moi, attendait sur la porte de sa loge; elle avait déjà fait chauffer au gaz une tasse de bouillon.

Je ne sais pas comment cela se fait, mais les concierges ont toujours du bouillon chez eux; la nôtre monta son bol chez ma mère, et nous entendîmes le bourdonnement de sa voix dans l'antichambre.

Cela nous imposait la circonspection.

— Attends, me dit ma mère, je vais la congédier. Asseyez-vous, je reviens.

Juliette restait debout, émue et toute tremblante.

Quoique son père fût un ouvrier aisé, elle n'était pas habituée au luxe; puis ma mère l'intimidait par ses grandes façons.

La concierge, remerciée, descendit enchantée, car je crois que son bouillon lui fut payé cent sous; nous étions libres, enfin; car la vieille bonne Nanette m'avait tenu tout petit sur ses genoux, et c'était une seconde mère.

Le premier mot de maman, en rentrant dans le salon, fut de me demander avec angoisse :

— Tu es blessé?

— Non, dis-je. Malade seulement. Nous avons eu faim.

Et je l'embrassai.

Juliette demeurait interdite et fort gênée au milieu du salon.

Ma mère, la première effusion passée, la prit par la main, la fit asseoir près d'elle, et lui dit doucement :

— Ma fille, vous êtes la bienvenue ici. Aussi bien, je vous étais gagnée déjà. Il n'y avait plus que quelques considérations de famille, faciles à arranger, qui me retenaient. Les événements brusquent aujourd'hui la situation; je l'accepte telle qu'elle est.

Et elle embrassa ma femme.

Je m'étais assis, ou plutôt j'étais tombé dans un fauteuil; je vis cette scène comme dans un brouillard et je m'évanouis...

La fièvre m'avait saisi, je fus pris de délire, et, chose assez bizarre, je fus tourmenté de nouveau par le cauchemar de la faim.

Il me sembla que je recommençais en songe l'agonie des catacombes.

Des jours et des jours se passèrent ; j'avais la dysenterie, ou pour mieux dire une sorte de fièvre typhoïde d'un caractère très particulier.

Je fus traité avec une rare intelligence par un médecin jeune et habile qui me sauva en appliquant la méthode de l'abaissement de la température, à l'aide de bains à 16 degrés.

Je note ceci, parce que ma mère s'opposa d'abord à ce traitement, contre lequel beaucoup de familles ont des préjugés ; je suis un exemple vivant de son efficacité.

Quand je repris mes sens, quand le délire me quitta, j'étais précisément au bain.

Près de moi, dans une délicieuse petite toilette, mi-partie ouvrière, mi-partie campagnarde, ma femme travaillait à un ouvrage de crochet.

Je la regardais.

Elle vit que mon œil la reconnaissait et que mes lèvres souriaient.

— Maman ! cria-t-elle.

Je ne saurais exprimer le plaisir que cet appel à ma mère me causa ; elles étaient donc devenues tout à fait l'une pour l'autre mère et fille !

Maman vint bien vite.

— Sauvé ! dit-elle. Sauvé ! Le médecin a dit que s'il reprenait connaissance, il en répondait.

Et toutes deux de m'embrasser !

Puis ma mère entraîna Juliette dans sa chambre à coucher et, de ma baignoire, je les vis toutes les deux à genoux devant le crucifix qui était accroché au-dessus du chevet.

Ma mère est très religieuse, très catholique, mais heureusement pas du tout cléricale, ce qui fait qu'elle est relativement tolérante.

Je compris que ma pauvre petite gitane n'osait pas dire qu'elle n'était même point baptisée.

On sait que les Bohémiens n'adorent que la nature et sont tout à fait païens.

Ce n'était ni le lieu, ni le moment de soulever une controverse ; je n'en souffris pas moins de la contrainte imposée à Juliette.

Mais c'était un détail.

J'avais eu sept jours de délire.

Il me fallut vingt et un jours pour être hors de danger absolument.

Je fus sur pied après huit jours de convalescence.

Sur pied...

C'est-à-dire que je me promenais au bras de ma femme et de ma mère et que je faisais le tour de la chambre.

Je remarquai que cette pauvre Juliette était triste.

Je supposai que la contrainte religieuse en était la cause.

— Tu fais, j'en suis sûr, lui dis-je, tes prières matin et soir? Tu n'oses pas avouer la vérité à ma mère.

— Oh! dit-elle, cela m'est indifférent! Tu as un Dieu, tu y crois, je le prie; s'il existe réellement, tant mieux! S'il n'existe pas, mes prières ne sont pas perdues, car je pense à toi en les disant.

— Pourquoi donc es-tu si triste?

— Parce que mon frère est pris.

— Il te l'a fait savoir?

— Non. Mais j'ai senti comme un coup au cœur quand on l'a arrêté! Tu sais que je ne me trompe jamais.

— Il faut que ma mère fasse faire par nos parents des démarches pour lui; nos relations nous permettent de le sauver.

— Inutile. Il ne sera pas condamné à mort! je le pressens. Et tout me dit que nous ne devons pas bouger.

Je réfléchis, et je me convainquis que ma femme avait raison.

En effet Antoine, s'il était prisonnier comme nous le pensions, devait avoir caché son nom; donc, nous ne pouvions faire aucune démarche pour le découvrir.

Il fallait attendre!

Un incident vint compliquer la situation; mon parent, en grand uniforme, vint rendre visite à ma mère.

L'ennemi était dans la place.

Mon parent ignorait ce que j'étais devenu; pendant la lutte, il avait envoyé demander à ma mère de ses nouvelles, mais il ne l'avait pas encore vue.

Il supposait bien que j'avais fait partie des bataillons fédérés.

Je dois, avant de raconter sa première entrevue avec ma mère, expliquer certaines particularités.

Tout d'abord, ma femme passait dans la maison pour ma sœur de lait.

On avait dit à la concierge que je m'étais réfugié chez ma nourrice à Villeneuve; je n'avais point exercé un commandement important dans mon bataillon, je n'avais rien signé, je n'avais point fait de zèle.

Il était donc permis de supposer que je ne serais ni reconnu, ni inquiété.

Ma femme, déguisée en homme, s'embarqua...

Personne ne pouvait nous incriminer à propos de l'affaire du Trocadéro.

L'arrivée de mon parent me parut cependant présager un malheur.

Ma mère, surprise, me pria de ne point me présenter.

— Vous ne pensez point de même, me dit-elle ; reste donc dans ma chambre ; tu juges inutile de le voir, n'est-ce pas ?

C'était mon opinion.

Nous allâmes donc nous asseoir dans la chambre à coucher de ma mère, Juliette et moi, et nous attendîmes ; mais, en attendant, nous entendîmes la conversation.

C'était triste.

— Voyons, dit-il, mû par un bon sentiment, votre chenapan de fils est-il, oui ou non, pincé? Car il se trouvait avec ces gredins-là.

— Mais non! protesta ma mère.

— Je vois, à votre air tranquille, que le drôle est en sûreté quelque part. Tant mieux! Il aurait pu être tué ou pris.

— Mais il n'était pas à Paris, il avait réussi à gagner Villeneuve...

— Hum!... Hum!... Il était du bois dont on fait les communards... Enfin, vrai ou pas vrai, je pense que le gaillard n'est pas en péril, puisque vous ne me demandez pas mon appui. N'oubliez pas, s'il lui arrivait malheur, de m'avertir sur-le-champ.

On voit que je dis tout franchement; je ne cache pas que mon parent m'était très favorable et désirait m'éviter une condamnation.

Ce fut pourtant lui qui fut la cause indirecte de mon malheur.

Il parut croire que je n'avais pas pris parti, et il raconta à ma mère comment la Commune avait été écrasée; il me fit frémir par la description de certaines scènes de massacre, et il finit par dire :

— Et maintenant, voilà toute cette fripouille écrasée. Il y en a ving-cinq ou trente mille de fusillés! On en arrêtera une cinquantaine de mille; Paris sera purgé; avant deux mois, le roi : clamé et fera son entrée.

— Je suis légitimiste, dit ma mère, nt. Je déplore que l'on ait tué tant de monde; si le roi rentre dans c ns, le pied lui glissera dans le sang!

En entendant ma mère parler ainsi, je f yeux, que, ne pouvant l'embrasser, j'embrassai Juliette.

Mon parent, lui, ne fut pas satisfait de cette réponse.

— Comment l'entendez-vous? demanda-t-il. Approuvez-vous donc la Commune?

— Oh, non jamais! dit ma mère. Mais si l'on avait voulu, on n'aurait pas eu cette affreuse guerre civile. J'ai vu des commerçants de ce quartier, des personnes que je connais, des fournisseurs honorables se jeter dans la Commune par désespoir. Je le leur reprochais; mais ils m'expliquaient tous que l'Assemblée les avaient exaspérés en cherchant à les ruiner par la question des loyers et des billets.

— En un mot, tous ces boutiquiers ne voulaient point payer...

— Vous êtes militaire, et vous ne comprenez rien au commerce. Moi, propriétaire, je connais mieux ces questions que vous, et je vous assure que mes locataires ne pouvaient pas acquitter leurs termes. J'ai regardé l'attitude de l'Assemblée comme une provocation.

Ma mère ne m'avait jamais parlé ainsi, j'étais stupéfait.

Je le fus bien plus quand elle dit :

— Vous avez vu comment ces fédérés se sont battus.

— Ils nous assassinaient derrière leurs barricades, dit mon parent.

— Oh ! j'ai vu moi, j'ai vu... s'écria ma mère. Ils ont tenu à sept ou huit dans cette rue, et ils sont restés à trois seulement, dont un a été massacré sous mes yeux, quoique je demandasse sa grâce ; je ne sais ce que vos soldats eussent fait de moi, si je n'eusse point invoqué votre nom.

— Dame ! aussi de quoi vous mêliez-vous ? Qu'alliez-vous faire là ?

— Mon devoir. Les femmes doivent protester contre les égorgements.

— Il ne vous reste qu'à vous faire républicaine, maintenant.

— Oh ! moi je suis fidèle à mes convictions ; je suis légitimiste, je mourrai légitimiste ; je ne me suis jamais ralliée à l'empire ; j'en suis très heureuse et très fière.

Comme mon parent s'était fait bonapartiste, il se trouva touché au défaut de la cuirasse, et il riposta :

— Avant tout, il s'agit d'être monarchiste et de défendre le trône, quel qu'il soit.

— Oh non ! dit ma mère. Il n'y a que deux principes honnêtes au monde : ou la légitimité ou la république. Tout le reste est mensonge. Je vous le répète, je serais désolé que mon roi revînt maintenant ; je voudrais, avant qu'il rentrât, que le sang qui tache les pavés fût essuyé.

Mon parent, humilié et furieux, s'en alla après avoir échangé assez sèchement les politesses d'usage.

Ma mère vint à moi, elle était très pâle.

Je voulus l'embrasser.

— Laisse ! me dit-elle. Je suis fâchée que tu aies entendu ; ceci va t'encourager à te jeter à corps perdu dans les idées révolutionnaires.

— Mais non ! dis-je ; je suis modéré.

— Si le roi revient, nous aurons une nouvelle guerre civile et tu y prendras part.

Je baissai la tête.

Je m'avouai à moi-même que ma mère avait raison ; je me serais battu à côté de ceux qui auraient voulu repousser le roi.

Un coup de sonnette mit fin à notre entretien ; ma mère eut comme un pressentiment ; elle devint encore plus pâle.

Elle sortit.

J'entendis de nouveau la voix de mon parent :

— C'est mal ! C'est absurde ! disait-il. Je n'ai pas démérité de vous, ma chère amie ; je ne suis pas un tigre.

— Qu'avez-vous ?

— Il est ici ! La concierge me l'a dit en descendant.

Je maudis cette bavarde.

— Je veux le voir ! disait mon parent. Il faut que je lui tire les oreilles et que je lui fasse donner un bon passeport pour qu'il file à la frontière.

— Mais il n'a point combattu.

— Ta... ta.... ta ! Je n'en crois rien. C'est une mauvaise tête : mais je lui pardonne ; on est parent ou on ne l'est pas. Et puis, malgré tout, je l'aime, ce mauvais sujet. Il est crâne ! il est brave ! Bien dirigé, il ferait quelque chose.

Ma mère fut bien obligée de venir me chercher.

J'aurais voulu être encore dans les catacombes.

Mon parent me pinça l'oreille — une manie imitée de Napoléon Ier — et il me dit d'une façon très gracieuse :

— Tu ne m'aimes pas, je le sais ! Tu es un farouche, un pur, un *toqué*, C'est la jeunesse ! Je ne t'en veux pas, avec le temps ça changera. J'ai été comme toi. J'ai fait des coups de tête. Mais il faut que je te tire d'affaire ! Tu vas recevoir d'ici à huit jours un bon passeport avec lequel tu iras faire un voyage en Suisse avec ta mère. Ça te remettra.

— Mais, dit ma mère, il m'a tout conté. Il n'a rien fait de grave.

Mon parent me demanda :

— Quel grade avais-tu ?

— Lieutenant.

Il secoua la tête.

— Tous ceux qui ont été officiers, dit-il, seront déportés. Crois-moi, file. Je te le répète, tu auras un bon passeport et de bonnes recommandations.

Je fus vaincu par cet bonhomie et ces bons procédés ; je tendis ma main à mon parent en lui disant :

— Merci.

Tout à coup il me demanda brusquement, mais sans aucune colère :

— Je suis curieux de savoir où se trouvait ton bataillon.

— Nous avons défendu Neuilly, devant l'île de la Jatte et Bécon, répondis-je.

Il secoua sa tête et murmura entre ses dents :

— La corvée a été rude pour nous, de ce côté-là. Vous y étiez bien commandés.

— Ensuite, dis-je, nous étions à Passy ; mais là, nous avons été trahis.

Il se mit à rire.

— Au revoir ! fit-il à bientôt le passeport.

Il nous quitta nous laissant sous la meilleure impression.

J'avais pris tellement confiance en lui, que je me promettais, en cas de besoin, de lui demander sa protection pour ce pauvre Antoine.

Mais, de celui-ci, nulle nouvelle.

Ma convalescence marchait assez rapidement : je fus bientôt en état de faire le voyage ; mon passeport arriva.

Il avait été convenu avec ma mère que nous emmènerions ma femme et que je me marierais en Suisse.

Nous laissions à Paris un ami sûr, qui devait s'occuper d'Antoine et qui ne risquait point de le compromettre comme nous.

Nous prîmes le chemin de fer et je me crus sauvé.

On va voir ce qui m'attendait à la frontière.

Nous arrivâmes à Lyon. Jusque-là rien.

De Lyon à la frontière, où nous devions exhiber nos passeports, rien de très remarquable, sinon le luxe de surveillance qui était déployé.

Arrivé à la station où l'on vérifiait les passeports, avant que j'eusse présenté le mien, le commissaire me dit, après m'avoir toisé :

— Vous êtes bien M. X... ?

Il me désignait par le nom qui était marqué sur mon passeport.

— Oui ! répondis-je.

Il sourit d'un air railleur et me demanda :

— En êtes-vous bien sûr?

Je lui tendis le passeport sans ajouter un seul mot.

Il le lut d'un coup d'œil et dit à part lui :

— C'est bien cela.

Aux deux gendarmes :

— Arrêtez monsieur.

Ma mère resta muette, les pieds cloués au sol. Ma femme s'écria :

— C'est une infamie.

Moi aussi, je crus que mon parent se vengeait du mépris dans lequel je l'avais tenu.

Je dois rendre justice au commissaire; il fut poli et me montra des égards ; je serai juste pour les gendarmes, ils se montrèrent très convenables.

Je n'en étais pas moins arrêté.

Lorsque le train fut parti, le commissaire procéda à mon interrogatoire.

Il avait devant lui une note qu'il consultait. Il me dit :

— Vous voyagez sous un faux passeport qui vous a été délivré par l'intermédiaire d'un personnage haut placé, votre parent.

Je ne dis rien.

Il reprit :

— Vous vous nommez réellement X..., vous avez servi dans un bataillon fédéré qui se trouvait à Passy?

Je commençais à comprendre que toute dénégation était impossible.

Le commissaire me donna le numéro de mon bataillon.

— Vous avez, ajouta-t-il, fait partie d'une bande qui a tué un officier et qui s'est réfugiée dans les souterrains du Trocadéro.

Comment ce commissaire pouvait-il savoir tout cela?

A coup sûr, mon parent ignorait ces détails; ma mère seule en était instruite et ma mère n'en avait pas parlé.

Si mon parent nous avait trahis, ce que je supposais, d'autres avaient parlé.

Mais qui? Qui donc avait pu ainsi renseigner la police?

Je le sus plus tard.

Ma mère accusa mon parent avec véhémence, et celui-ci avoua qu'il avait été imprudent, mais non coupable.

Voici ce qui s'était passé.

Dans son entourage, il avait un officier, de ceux auxquels on donna l'épaulette et que l'on plaça dans les états-majors pour leur donner un abri confortable et les moyens de faire la campagne sans danger.

Cet officier, un réactionnaire enragé, élève des jésuites, cafard et flatteur, s'était insinué dans les bonnes grâces de mon parent; il ne m'aimait pas.

Je lui rendais haine pour haine.

Un jour, j'eus avec lui une altercation sans témoins.

Je lui dis toutes ses vérités.

Il m'en garda une rancune profonde, et il se vengea.

Mon oncle, qui était aveuglé sur le compte de cet hypocrite, et qui ne supposait pas qu'un officier pût être un mouchard, parla devant lui; je crois même qu'il le chargea de prendre le fameux passeport.

Ce misérable porte-épaulettes n'eut rien de plus pressé que de me dénoncer, et il paya même très probablement quelque policier pour me surveiller.

Voilà comment je fus pris.

Mais ce qui ne s'expliqua que plus tard, ce fut le renseignement donné à la police sur mon rôle d'insurgé.

Le concierge était mort, il ne pouvait donc témoigner. Par malheur, il avait écrit.

Ce gredin avait eu soin de noter tous les citoyens qui, dans Chaillot, avaient pris fait et cause pour la Commune, et il avait remis son carnet à la police.

Il n'avait point manqué de signaler Antoine et moi, et il avait fait son rapport sur l'affaire de l'officier tué.

La police, recevant la dénonciation de l'officier avait eu soin de compulser mon dossier. Naturellement on y avait vu la note du concierge.

C'est ainsi que je me trouvais sous une inculpation d'assassinat.

Je me jugeai perdu.

Après mon interrogatoire, j'obtins du commissaire la permission d'embrasser ma mère et ma femme, que je consolai de mon mieux, et je me résignai à mourir, car je ne doutais pas d'être condamné à mort.

Je vais raconter dans la seconde partie de mon œuvre, intitulée : LE POTEAU DE SATORY (Sept ans de bagne) les tortures que nous eûmes à souffrir, mon beau-frère, ma femme et moi.

TABLE

Paris — Société anonyme d'Imprimerie. - PAUL DUPONT, Cie.

www.ingramcontent.com/pod-product-compliance
Ingram Content Group UK Ltd.
Pitfield, Milton Keynes, MK11 3LW, UK
UKHW020344230726
13925UKWH00003B/957

9 782014 464313